アフリカ一攫砂金

小林 慧
Kei Kobayashi

双葉社

目次

この作品はフィクションです

装幀　重原　隆
写真　Menna / shutterstock
ムーンライズ / photolibrary
skymark / photolibrary

アフリカ一攫砂金

第一章　死の恐怖

青々とした空から晩夏の太陽の日差しが優しく地上を照らしている。どこからともなく聞こえてくるセミの声が、妙に寂しい。

日本人と在日コンゴ民主共和国人の男二人が日本から遠く離れた一万五〇〇〇キロの地、アフリカ、ウガンダにいた。

「これで君にも大金が入るね」

「ええ。楽しみです」

二人の顔からは、笑みがこぼれている。興奮を抑えるのに懸命なのだ。それでも気持ちが弾み、自然と頬が緩んでいた。

二人を乗せた一台のタクシーが、ウガンダ首都カンパラ市内からエンテベ国際空港に向かっていた。タクシーと言ってもドアに日本語で〈XXXタクシー〉と書かれ、数十万キロ走行したであろう座席シートは、ところどころ小さく破損している。

アフリカの内陸に位置するウガンダ共和国は、人口約四五〇〇万人弱、国土は日本の本州より少し広く、言葉は英語が通用語となっている。

活気に満ちた人々は四〇度近い暑さにも慣れた様子で、涼し気に動き回っている。

「一体いくらになるかな。今、一グラム四六〇〇円くらいやから、約四六〇〇万円！　すると儲けは経費を引いて一五〇〇万円ほどか」

関陽彦《せきはるひこ》が額から滴《したた》る汗を拭きながら、日本から同行した通訳のサントスに言葉をかける。

「ええ！　楽しみです」

サントスは汗一つかかず涼しい顔で話す。

関とサントスの二人は、エアコンの利かないタクシーの車中にいた。タクシーはウガンダのエンテベ国際空港到着に、三〇分と迫っていた。関の横には異様に膨らんだセカンドバッグが座席シートに深く沈んでいる。

「結局何キロ買えたのですか？」

サントスが弾んだ声で尋ねた。

「一〇キロくらい」

はちきれんばかりの五キロ入り布袋が二つ、セカンドバッグを占領している。関は時折このセカンドバッグを優しくなでている。

関陽彦は、数年前に仕事で知り会った半身不随の元外務省官僚だった渡辺昇平《わたなべしょうへい》の、たっての頼みで、ウガンダへ砂金買い付けに訪れた。英語、フランス語、そして、日本語が堪能なサントスをボディガード兼通訳として渡辺が手配した。

タクシーの窓から車内に入る風が関の豊富な黒髪をなびかせ、耳元をくすぐっている。目は大きく童顔、四八歳になるが、一見三〇代にみられると、いつも自慢していた。身長一八〇センチ、体重八一キロ、学生の頃に、野球で鍛えた体は今も面影が残る筋肉体型である。物腰の優しさから女性にはもてていた。しかし、見かけと違い、筋の通らないことには決して妥協しない性格のため、上司とはよくぶつかっていた。付け加えると眼光は新聞記者時代の影響で鋭い。

「本当に若く、見えますね」

とは、初めて渡辺に紹介された時のサントスの第一声だった。

一方、四三歳のサントスは、数年前にコンゴ民主共和国から起業を目的に日本に移住。今は資金不足で中古車販売のアルバイトで生計を立てている。関より体が二回り大きく、元横綱の曙《あけぼの》に瓜二つの顔立ちだ。日本では大男に見られたサントスもウガンダでは普通サイズである。

沿道では男たちや女たちが、埃《ほこり》まみれの古びた木造の店先で忙《せわ》しなく働いている。

「この国の人は逞《たくま》しいね。みんな頑張っている」

「あれ。関さん、ここに着いたときはそんな好意的な言い方ではなかったですよ」

「そうか。そうだったかな？」

景色が穏やかに見えたのは、心の余裕からだった。

市内から空港に向かう道沿いは、質素で古びた木造住宅街と小さな出店がまばらに並んでいる。

「サントス、ちょっと止めて。なんか飲み物買うわ」

サントスの指示でタクシーは道路脇に停車した。関はタクシーを降りて、出店を眺めた。

「どこからこんな大勢の人々が、集まってくるのやろう」

「本当ですね。バーゲンでもやっているのですかね。店先に人が、溢《あふ》れていますからね」

店頭に並んでいる商品は、ほとんどが中古品ばかりだ。

「サントス！　あの靴下、片方がないのに売っとるよ」

「ええ、ここでは左右、柄が違っても気にしないのです」

「ありえへん。しかし、確かによく考えたら合理的やね」

ミネラルウォーターに手を伸ばした関をサントスが止めた。

「関さん、それは空のペットボトルに水道水を詰めたものです」

腹を下して帰国すると面倒が待っている。関は何も買わずにタクシーに戻った。

市街を通り過ぎ郊外に出た。

「あっ危ない！」

観光気分で景色を眺めていた時、関とサントスが乗ったタクシーの前を、黒塗りの乗用車が強引にふさいだ。

「アッ」

タクシー運転手が叫び急ブレーキを踏んだ。

前のめりになった関とサントス。関は咄嗟《とっさ》に目の前の座席の背に手をつき踏ん張った。

「なんや！　彼らは？」

関の罵声《ばせい》が飛び出す。すると、道をふさいだ黒塗りの乗用車から二人の男が、関たちのタクシーに乗り込んできた。一人が、タクシー運転手を強引に助手席に押し込み、運転席に乗り込んだ。もう一人の男も間髪《かんはつ》容れず、後部ドアを開け関の真横に。関はサントスと男の間に挟まれ身動き取れない状態になった。完全に彼らにタクシーを占領されてしまった。

「サントス、この二人は何者？　誘拐⁉」

関は、何が起こったか全く理解できないでいた。

「この人たちは警官のようです」

サントスが関の耳元で囁《ささや》いた。

「なんで警官が乗り込んでくるの？」

「分かりません」

関の横に座った男が、ズボンの後ろポケットをわざとらしく関に見せた。その位置には黒く光った拳銃が、革のケースに重々しく収まっている。

関は恐怖を感じるより、パニック状態であった。

通り過ぎてゆく車は関たちのタクシーには見向きもせず、スピードを緩めることなく通り過ぎて行く。タクシーをハイジャックした男たちは、空港とは反対方向にタクシーをUターンさせた。そして、今来た道路を一五分ほど市内にもどると脇道にハンドルを切った。黒塗りの乗用車がタクシーの後を付いてくるのがルームミラーで分かった。

その道は一切舗装されておらず進むほど人気がなくなっていった。たまに古ぼけた農家がポツリ、ポツリあるだけである。人の住む気配がある民家は、数百メーターに一軒あるだけ。背丈の高い草むらが生える草原地帯の道を走り続けている。

「おい！　人気のないところばかり走っとるぞ」

道路わきは草原と林が交互に点在していた。

「サントス。こいつらが本当に警官か身分証明書を見せてもらえ！」

関には拉致《らち》された理由が分からなかった。言葉が通じないだけに不安が増している。

幾度となく死の恐怖が関の脳裏をかすめ、顔から血の気が引いていくのが分かった。

（佳代子《かよこ》！　僕が死んだら、娘を守ってやってくれ）

亡き妻に祈った。

（智子《ともこ》！　すまん。僕は君に親らしいことは何もできなかった。許してくれ！）

涙が込み上げてきた。

「おい！　あそこって交番やろ」

七〇メートルほど先で、小さな建物の屋根に赤いランプが回っていた。確証はなかったが世界共通の派出所の目印だと思った。

「そうみたいです」

「こいつらが本物の警官か一緒に行って確認して来いや！」

完全に命令口調だ。

サントスが二人に話しかけた。すると彼らは素直に承諾した。派出所らしき建物へサントスと運転担当の男が入っていった。

「間違いなく本物でした」

戻ってきたサントスが告げた。

再び刑事の運転でタクシーは走り出した。タクシーはさらにスピードを上げ辺鄙《へんぴ》な場所を数十分走り続けた。

「おい！　いったい何処へ行くのや？　サントス！　聞いてみ」

「多分、警察署です」

か細い声が返ってきた。

「おい！　飛行機の出発時間が迫っとるのや！　間に合わなかったら航空チケット、アウトや」と、片言の英語で関が警官に話した。二人の刑事は完全に無視を決め込んでいるようだ。拉致されて一時間ほど走っただろうか、古めかしい三〜四階の建物が数か所建っている広場に到着した。

関の横に座っていた刑事が関の腕を掴み、一番奥の建物へ歩き出した。相棒は関のバッグを手に持ちサントスと会話しながら一緒に後を追う。

建物は三階建て、外壁は所々ひび割れている。古い引き戸が刑事の手で鈍い音とともに開けられた。ドアの窓ガラスもひびが入り、テープで留めてある。ドアが開き、四人が中に入ると、薄暗く照らされたカウンター越しから数人の男たちの視線が一斉に関に集中した。

その視線はどことなく犯罪者を見る目ではなく餌を待つ野獣のようである。

カウンター越しに一人の男が関を連行していた刑事に意味ありげな笑いで鍵を手渡した。そして、うす暗い廊下を通り過ぎ奥の階段から二階へ。

そのフロアーは取調室のような小部屋が数か所あり、宿直室もあるようだ。

「ディス・ルーム」

二人は小さな部屋へと押し込まれた。

「日本の刑事ドラマで観る取調室と同じや」

「そうですね」

小さな机と、対面した両側にそれぞれの椅子があるだけ。照明といっても、天井から電線が一本ぶら下がり、その先に電球一つがぶら下がっているだけの質素な部屋であった。到底その電球だけで部屋の照明をカバーできない。関とサントスは立ったまま、不安な心持ちで次に起きることを待った。

小一時間待つとさっきの警官の上司であろう、五〇歳過ぎの男二人が入ってきた。おそらく刑事なのだろう。二人は物珍しそうに関の顔をまじまじと覗き込む。彼らは獲物を捕まえた狩人のように勝ち誇り、優越感を漂わせている。

関は大きく深呼吸をし、落ち着こうと努めた。彼らの目的が関たちの命ではないと直感した。落ち着きを取り戻すと、周囲をゆっくりと見渡すことができた。

「サントス！　電話をかけてもいいか聞いてくれるか？」

関は渡辺に連絡をして在ウガンダ日本国大使館に助けを求めるつもりだった。

サントスが刑事に尋ねるが、薄笑いして首を大きく横に数回振るだけだった。

「あ〜あ」

大きな声で叫んだ。ささやかな抵抗だ。だが二人の刑事は何事もなかったかのように無視するだけ。

「ほんま汚い部屋や」

壁も天井もところどころひびが入っており、白地の壁がシミと煙草のヤニでほとんどが黄茶色くなっている。雨漏りのせいか、カビ臭さが二人の男の体臭を消している。

一人が煙草を大きく吸いこみ、煙を勢いよく吐いた。煙は天井の電球を包み込み、狭い取調室の空気を濁らせた。

関は息を止めた。男の吐いた煙を吸いたくなかったからだ。

「おい！　煙草の煙を吐くな！　この腐れチンポ」

日本語が分からないことをいいことに、破廉恥《はれんち》な言葉を言ってやった。

「シットゥー・ダウン」

男が椅子を指さした。取り調べが始まった。

関は椅子に座らされ、サントスは部屋の隅で立っている。

関一人が犯罪者のようである。

「関さん！　横の刑事が場合によっては勾留するかも、と言ってます」

「なんの罪で？」

サントスの返答はなかった。

一人が関のスーツケースを開け、全ての荷物を取り出した。

ほとんどが下着の洗濯物と衣類である。すべてを取り出したが怪しいものは見つからなかった。

男は空のスーツケースを両手で持ち上げ前後左右に振った。しかし怪しいものは何もなく、二人の刑事は落胆の表情を浮かべた。関の小脇にはセカンドバッグが目立たないように挟まれていた。

諦め顔の刑事の眼が一瞬鋭く光った。セカンドバッグに視線を向けた。

「ギブ・イッツ・ミー」

関のセカンドバッグを取り上げ、チャックを開け中身を全て机の上にさらけ出した。ラップで包んだソフトボール大の塊が出てきた。

「おう。これや！」

とでも言うかのように、二人の刑事は顔を見合わせ微笑んだ。

買い付けた砂金が見つかってしまった。

「インボイス」

と関が叫び、セカンドバッグからあらかじめ用意していた書類を警官に手渡した。

「ノー」

一蹴された。彼らは最初から関を犯罪者と決め付けていた。だが、関は「正規の取り引き」と当然思っていた。態度が大きくなり、相手の謝罪を待っていた。

「コンコン」

ドアを叩く音がした。入ってきたのは、サントスと関らを拉致した片割れだ。

「関さん。この砂金は偽物だと言っています。君らは偽物を製造して国外で売り捌こうとしているのだろう、と言っています」

「あほな！　ちゃんと説明して！」

サントスが何度も説明するが彼らは無反応を決めこんでいるようだった。彼らは数枚の紙を机に置いた。

「ユー、シット・ダウン」

サントスに、関のそばに座れと命じ、粗末な椅子を置いた。

「この砂金は、昨日宿泊したホテルで買ったものです」

関がセカンドバッグからインボイスと渡辺から指示されたセラーの電話番号と名前の書いてあるメールを刑事に手渡した。

「私は、どうしてあなた方に捕まっているのか理由がわかりません。この一つは日本から紹介されたウガンダ人から買い、もう一つはこのインボイスの発行人から買ったものです」

関の言葉をサントスが通訳。その言葉を刑事はメモするが、形式的なパフォーマンスに見えた。

「私を早く解放しないと外交問題になるよ」

その言葉を、なぜかサントスは通訳しなかった。

メモには、落書きのような文字が書かれていた。ペンを置くと、上司と部下が取調室の外に出て行った。

さらに、数十分後、サントスが戻った。

「関さん！　私たち二人を六〇〇〇ドルで釈放してあげると言っています。どうします？」

「あほな！　僕は、もうカネは持っとらんぞ」

渡辺から預かったドルは全て遣ってしまった。

「何とかせいよ。僕はこんな場所に、もう一分もおりとうない」

「私も同じです」

（こいつは全部、僕頼みでクソの役にも立たない。渡辺さんは、どうしてこんなやつを紹介したんや）

「サントス！　君の友人で何とか言うたね。その友人に電話して」

サントスは、警官に携帯電話の許可を得た。

「ハロー。ｘｙｘ……」

数時間前にこの警察署に連行されたときは、一切、外部との連絡は禁じられていた。彼らは関からカネを絞り取ろうと最初から計画していた。職務質問であればわざわざ警察署に連行する必要はないのだ。警官は薄笑いを浮かべた。結果が予測できたのだろうか、すでに緊張感は全くなかった。

「直ぐにきます」

事務的な言葉がサントスから返ってきた。

サントスの友人グレイグは三〇分ほどでやってきた。到着するなり、サントスとグレイグが関のそばで話し始めた。警官たちは黙って話を聞いている。奴らの思惑どおりにことが運んでいるのか、時折笑みがこぼれていた。

一縷《いちる》の希望をグレイグに賭けた。グレイグは昨日、関が渡した紹介コミッションを持っているはずだ。関は安心していた……。

「関さん！　彼は一〇〇〇ドルしか持ってないそうです」

「えっ？　昨日渡したコミッションを持ってるやろ」

愕然《がくぜん》とした。

「サントス！　ジャパニーズ円ではあかんか、聞いてくれ」

関の言葉に覇気がなかった。

「大丈夫です」

関は、ポケットからドルに換金していない二〇万円を取りだした。

「これが持っている全財産や」

やけっぱちでサントスに手渡した。サントスは顔色一つ変えず部外者のように二〇万円を受け取ると関だけを部屋に残し刑事とともに廊下に出て行った。

「どうして出ていくんや？　僕の目の前でカネを渡せよ」

廊下の男たちに聞こえるように大きな声を放つが全くの無視である。

数十分しただろうか、三人がニコニコして戻ってきた。サントスと刑事には緊張感がなく談笑しているのだ。

「どうなった」

「大丈夫です。解決しました。もう帰って構わないと言ってます」

「僕の荷物は？」

刑事たちは砂金を偽物と言っていたが、関は購入した経緯を考えると信じていなかった。刑事たちが小遣い稼ぎのためにクレームをつけたのだろうと思っていた。

「セカンドバッグも中身の砂金も返してくれたんやな」

「はい。全部返してくれました」

「砂金セラーのマッチポンプか」

二二時を過ぎ、やっとのことで解放された。外は真っ暗闇で遠くに豆電球のような照明がぽつんと光っていた。

「なんか僕の今の心境みたいや」

「六時間ほど掛かりましたね」

「しゃあない。とにかくホテルを探そうや。カネがないからカードの使えるとこをな」

「空港に近いところにしましょう」

解放されて三〇分が経過、シティホテル数軒に飛び込むがルームチャージが高くビジネス風のホテルに。

「いくらや？」

「一泊四〇ドルです」

部屋はダブルベッドと小さなテーブルだけの質素な部屋だった。しかし今の関には天国に思えた。

部屋の時計は二三時を回っていた。日本時間は、六時間の時差だから朝の五時か。

迷った挙句、緊急を要したため電話をかけた。しかし、呼び出し音は鳴るが返答がなかった。

「腹減った。昼過ぎから何も食ってなかったな」

関はサントスの部屋に行った。

「何か食うものないか聞いてくれ」

すぐに部屋の電話が鳴った。

「時間が遅く何もないと言ってます」

「分かった」

仕方がなくベッドに入るとウガンダに到着してから今までが思い起こされてきた。

渡辺の指示どおりウガンダにやってきた。そして、渡辺の指示したセラーから買い付けたのだ。

（くそ！　なんで、こんな目にあわないかんのや⁉　偽物の砂金を掴ませたペテン師が渡辺を裏切ったのか？　僕を黙って日本へ帰国させても、一〇万ドル以上ペテン師の丸儲けになったはず。なぜ警官に密告する必要があったのか？　警官とペテン師がグル？　今さら手遅れだが、渡辺も

騙されたのだ。僕の人生ってどこで間違ってしまったのや。一体僕は何をしているのや。罰が当たったのかもしれんな）

ボンヤリとした照明で照らされた天井を見上げていた関の目から悲しくもないのに涙がこぼれていた。その大粒の涙が頬をつたい、枕もとを濡らしている。過去、好きなように生きてきた人生だった。妻の死後、悔い改めての第一歩だった。自らを変えたかった。それが……口惜《くや》しさと後悔の念が脳裏を占領した。怒濤《どとう》のように疲れが押し寄せると関は深い眠りに落ちた。

「トントントン」

ドアをたたく音が聞こえたような気がした。昨日の疲れが一気に出たのか、関は熟睡していた。枕もとの電話がしきりに鳴っている。

窓のカーテンの間から朝陽がベッドの足元を明るく照らしている。関は電話を取った。

「はい」

『関さん！　私です。何度もノックしたのですが応答がないので電話しました』

「どうした？」

『今から、関さんの部屋に行きます』

関はドアのチェーンを外しサントスの来るのを待った。

サントスがノックと同時に部屋に入ってきた。

「関さん。私、今から今回買った砂金を金の買取りショップに行って売ってきます。本物であれば買ってくれますし、偽物でしたら……」

「ええとこに気が付いたな。渡辺さんに指示されたセラーは恐らく偽物やろうけど君の友達のグレイグの紹介で買ったのは本物やろ。昨日の警官が端《はな》からどっちも偽物といっていたが僕は信じてない」

「そうですね。グレイグは昔からの友人ですし、大丈夫と思います」

関はセカンドバッグから袋に入った砂金を取り出した。

「こっちが渡辺さんから紹介されたセラーの砂金。こっちが君の友人から紹介された砂金や」

関は別々にスプーン二杯の砂金をすくい、アルミホイルに包んだ。

「サントス。場所はわかっているのか？」

「ええ。フロントに教えてもらいましたから」

「僕は一銭もないぞ」

「大丈夫です。三〇〇ドル持っていますから。何とかなります」

「分かった。調べ終わったらすぐに電話してくれ」

サントスは速足で部屋を飛び出した。

一時間、二時間と時間だけが過ぎていった。

一〇キロのうち、片一方が偽物でも、もう一方が本物だったら損はないはずだ。関は、自分の不安を少しでも取り除こうと言い聞かせていた。

もう昼だというのにいまだ連絡がなかった。サントスが部屋を出て四時間が過ぎようとしていた。関の携帯が鳴った。呼び出し音が一回鳴るか否か、関の携帯の受話ボタンの押す速さはすごかった。

『もしもし私です』

電話の声には力がなかった。

「待っていたんや。どうだった？」

関の声は上ずっていた。

『ダメでした』

「ダメってどっちが」

数秒の沈黙が続いた。

『両方です』

冷めた言い方だった。サントスは動揺もなくそっけなかった。

「ほんまか？」

『はい。買い取りショップの従業員は慣れたもので、私が持って行った砂金をガラスのコップに入れ、透明の液体を注ぎ、ガラス棒でかき混ぜました。すると透明の液体が黒く変化したのです』

「どういうことや？」

『私が持って行った砂金の表面が溶けたのです。要はメッキされていたのです』

「それって買った砂金は何かの金属に金メッキされていたということか？」

『そうです。両方です』

「そうか。透明の液体というのは、恐らく希硫酸か希塩酸なんや」

『…………』

「分かった。ご苦労さん！　戻ってきてくれ。今後どうするか相談しよう」

なかば予想はしていたが、関は、ショックでしばらく立ちすくんでしまった。

サントスは三〇分ほどで戻ってきた。関は少し軽くなった〝砂金〟を受け取った。

「ここでは落ち着かんから、ロビーラウンジでコーヒーでも飲んで対策を考えよう」

関はすでに騙された現実を受け入れ、落ち着きを取り戻していた。二人は揃ってエレベーターに乗り一階のラウンジへと向かった。ホテルには宿泊客が少なく、人影もまばらだった。その淋しさが、昨日の帰路の時の思いと一変、今の関の心にむなしく映った。

コーヒーラウンジはそれほど広くはなく、フロントの前に四人掛けのテーブルが二個配置されているだけの簡素なものだった。

「コーヒー二つ」

サントスがウエイトレスに普段どおりに注文。

ウエイトレスは二〇歳過ぎであろうか、歯並びの整った白い歯が目立ち、笑うと一段と可愛くみえた。そのウエイトレスの素朴な笑顔が、なぜか、関の気持ちを軽くした。ウエイトレスも黄色人種の関が同席しているのが珍しいのか、愛想よく微笑んでくれた。

「サントス、あのウエイトレス、僕のこと何人《なにじん》と思ったのか聞いてくれ」

日本人、いや中国人、それとも韓国人と思われているのか？　疑問を抱いた。

「どうしてですか？　ナンパするのですか？」

「あほか！　愛想がよく気持ちの良い対応やったから。日本人のイメージがよいのか知りたいだけや」

「分かりました」

会話に余裕が出てきた。

「ところでサントス！　君の友達のグレイグに紹介されたセラーやけど、当然支払ったカネは返してもらえるよな！」

「ええ、当然です」

「そしたら、まず第一にやることは、グレイグに連絡してカネを返してもらってくれ。その次に渡辺さんに紹介された売り手に連絡して、うまく会えるように段取りをつけてくれ！」

「すぐに電話してみます」

サントスは関の目の前で携帯を取り出しグレイグに連絡をした。

「ｘｙｘｙｘｙｘ……。グレイグはＯＫです。ですが、もう一人は呼び出し音が鳴っていますが繋がりません」

関は冷めたコーヒーを一口飲んだ。

「ふー」

大きく息を吸い吐き出した。

「関さん！　グレイグが一時間ほどでここに来ます」

「分かった。もう一人は」

「呼んでいるのですが出ないのです。でも、携帯電話は生きているので、後で警察に行ってきます」

関は、グレイグから半分のカネを取り戻したら、渡辺に詳細を報告するつもりであった。

「分かった。そしたら君は最初に詐欺被害届を警察に提出してくれ」

「関さんはどうします」

「僕はウガンダの日本大使館に、今回の詐欺事件を解決してもらうため連絡をしてみる」

関はその場で電話をかけた。

「もしもし、日本大使館ですか」

『はい』

「実は私、関といいますが、ウガンダで詐欺にあいまして」

『少々お待ちください。担当と替わります』

すぐに担当者に繋がった。

「私、関といいますが……」

ウガンダに来てからのことを詳細に説明した。

『それは民間のトラブルなので、大使館としては関与できません』

とあっけない返答であった。

(くそう。僕が現役の新聞記者だったらな。彼らは、海外で被害のあった日本人を助けるのが役目ではないか！　と絶対に記事にしてやるのに。全く知人もいない海外で心細い邦人を……日本に帰国しても税金払ってやらんからな)

心の中で不満をぶつけた。

コーヒーを二杯飲み終えたころにグレイグが一人でやってきた。

「昨日の砂金を売った男は？」

サントスがフランス語で尋ねた。

「ノン。わからない」

サントスが通訳するが、グレイグとの会話が親しげで、何事もなかったかのように話しているのだ。

「何を話してるのや！　僕が払った砂金のカネを早く返してもらえ」

関はサントスを睨みつけ、通訳するよう顎で促した。だがサントスが関の言いたいことを話しているのか、見当もつかなかった。ただ時折二人が笑顔を見せるのが、関には妙に引っかかった。

「おい！　何かおかしいこと話しているのか？」

「いいえ。彼の家族のことを話していました」

「ま、ええわ。それでカネは返ってくるのやろうな」

グレイグにも分かるように、手まねで右手の親指と人差し指で丸く輪を作って見せた。しかし、当のグレイグは、悪びれることなく無視し、サントスとの会話を続けた。関はグレイグを睨みつけた。

「グレイグ！　ユー・アンダースタン！」

関は体を乗り出しグレイグに迫った。

サントスは真顔になるが、グレイグは首を横に振り、両手を横に大きく振り、首をすぼめるのだった。

「関さん！　グレイグは昨日の青シャツの男は、キンシャサで最近知り合っただけでよく知らないと言ってます」

「あほか？　そんな話が通用するか。紹介料として二〇〇〇ドル渡したやないか」

サントスがグレイグに関の言葉を通訳した。だが終いには「買う前にちゃんと調べて買わないからだ」と言われてしまった。

「サントス。僕は納得できんからな。グレイグは君の紹介なんやからな。君に責任がないとは言わさんぞ」

サントスの表情が曇った。

「分かりますが、私も言いたいことがあるのですが、よろしいですか？」

「ああ、この際や。なんでも言えよ」

関はコーヒーカップを口に運ぶがほとんど残っておらず、数滴を口に含み唾液と一緒に飲み込んだ。

「今回のウガンダ買い付けの件で私の立場は通訳とボディガードです」

「それで」

「私には何の決定権もありません。渡辺さんから、おカネをいくら預かっていたかも知りません。最終的な買う、買わないの判断は、関さんにあるのでは」

静かな口調で話す言葉は妙に説得力があった。

「私は脅して買えとも言ってませんし、グレイグも騙す気もありませんでした。関さんが買う前に本物か偽物かチェックすれば、騙されることもなかったのでは」

関はサントスの言葉に反論できなかった。関は腕を組み、目を閉じた。静寂が続き、目を開くと大きく息を吸い静かに吐き出した。

「分かった。確かに君の言うとおりや。僕の判断ミスだった」

関にも言い分があったがあえてやめた。

「コーヒーのお替りでもどう」

「はい。いただきます」

「ところで今後どうすればええ？　何かいい案はないかな？」

関の気持ちは複雑だった。詐欺師を捕まえるには、この二人の力が必要だと我慢した。

「まだ奴らの携帯は繋がっていました。何とか考えます。それと警察に被害届を出してきます」

「分かった。よろしく頼むよ」

日本で待つ渡辺にも報告をしなければならなかった。

「僕は日本に帰るけど、サントスは残って少しでもカネを回収してもらえるか？」

「分かりました」

サントスがグレイグに関との会話を通訳した。グレイグの口元が緩んだ。

関は部屋に戻り、すぐに渡辺に連絡をした。呼び出し音が一回ですぐに繋がった。

『もしもし、どうでした』

渡辺の期待が込められた明るい声が返ってきた。関は一呼吸入れた。

「騙されました」

『えっ！　どうして？』

落胆した渡辺の顔が想像できた。ウガンダに着いてから今までの経緯を簡単に報告した。関は覚悟した。渡辺の罵声が想像できた。溜まった生唾を飲み込んだ。

『ご苦労をかけたね。君とサントスが無事で何よりだ。取りあえず君の帰国のチケットを早急に手配しますから連絡を待ってください。それと君は責任を感じなくていいからね。帰国したら元気な顔を見せてください』

優しさのこもった言葉だった。怒り心頭で罵声を浴びせられても仕方がなかった。しかし意に反し静かな口調だった。しかも優しさがこもっていた。

関は携帯を切るとベッドに横たわった。大きく息を吐き、目を閉じた。

「佳代子が見守ってくれたんやな」

数年前に亡くなった妻の顔を思い浮かべ合掌《がっしょう》。方角がわからなかったがベッドに座り正座をした。

「佳代子！　ありがとう」

目から涙が自然に零れ落ちてきた。頭を伏せた。

「智子は元気でやっているかな？　妻の唯一の心残りだった娘の行く末……」

風の便りでは東京の看護学校に入学したと聞いていた。父親である関の援助は一切受けずにいた。携帯番号は変わっていなかったが、関からの電話には応答がなかった。

関にとって娘の携帯番号が自分の携帯画面に映るだけで、親子の縁がまだ結ばれているという安堵感があった。それは、関からの一方通行と分かっていても、娘が携帯番号を変えてないことが、どこかで自分を父親と認めてくれ、いつか関係を修復できるという淡い期待でもあった。

「そうか。僕を選んだのは渡辺さんか。サントスやグレイグの口車に乗って最終決定したのは僕自身だった……」

自分に言い聞かせるよう呟《つぶや》いた。気持ちが落ち着くと一挙に疲れが出たのか眠りに落ちてしまった。

何時間寝ただろう、ノックの音が聞こえた。ドアを開けるとサントスとグレイグが薄暗い廊下に立っていた。

「いいですか？」

部屋に招き入れ椅子をすすめた。

「どうした？」

関の口調は平常に戻っていた。

「実は明日の一〇時に警察に行ってきます」

「昨日、僕を拉致した警察と違うやろうな！」

「もちろんです。それと、詐欺師と連絡が取れ、今日の一八時に会うことになりました」

「よく会う約束がとれたな」

「詐欺師は、私たちが警察に捕まったと思っていませんでした。それで帰国する前に、コーヒーでも飲んで次回の商談をしようと持ち掛けたのです」

「どっちの詐欺師？」

「グレイグが、紹介した青シャツの奴です。渡辺さんに紹介された詐欺師の携帯は、持ち主なしになっていました」

「そうか！　半分でも取り返せればええな」

関は二人の報告を、黙って信じることにした。

「関さんはどうします？　残って一緒に詐欺師を探しますか？」

「いや、僕は君たちの足でまといになるので先に帰国する。あとは任せるので携帯で連絡し合うことにしよう」

「分かりました。関さん、グレイグが次回コンゴ民主共和国に来ないかと聞いていますが？」

「どうしてや？」

不愛想に返した。

「コンゴだったら砂金も採れますし採掘所で取引すれば偽物なんて掴まされない、と言ってます」

「分からんけど考えとく」

関は二度と来る気はなかった。しかしせっかくの誘いを無下に断ることもないという外交辞令だった。

帰国

関は、エミレーツ航空の成田直行便を希望したが、一番早い日本行きは、翌日火曜日の関西国際空港行きであった。ウガンダから一刻も早く離れたかった。

折りよく、渡辺からメールがあり、数時間後、Eチケットが送られてきた。

「えっ」

目を疑った。送られてきたチケットは、ビジネスクラスである。片道四〇万円。

「ボケっ！　ウガンダの汚職警官め」

一〇月二六日、無事関空に到着。関空から新大阪に出て、新幹線で東京に向かった。

「ア～日本はええ」

翌朝、関は渡辺の自宅兼事務所を訪れた。渡辺の自宅は、東西線と大江戸線が交差する、門前《もんぜん》仲町《なかちょう》にあった。門前仲町の交差点から清澄《きよすみ》通り沿いを、隅田川に向かって五分の場所だ。春には桜が隅田川沿いに咲き、花見に大勢の人々が訪れる。

「すいませんでした」

深々と頭を下げた。そして小さなセカンドバッグから銀紙で包まれた握りこぶし大の塊をテーブルに差し出した。

「これは」

「騙された偽物の砂金です」

渡辺は車椅子から身を乗り出し、ゆっくり両手で持ち上げた。

「重い」

一瞬落としそうになった。

「一〇キロあります」

渡辺は一度摑んだ塊をゆっくり元のテーブルに戻した。

「私がやります」

テーブルに置かれた塊のアルミホイルを、ゆっくり破ると、塊はさらに透明のラップで何重にも包まれていた。

「ほう！　これがね」

その塊は黄金に輝く細かい砂であった。

「これじゃ素人には砂金に見えますね」

他人事《ひとごと》のように感心して楽しんでいるように見えた。

「今回はひどい目にあって疲れたでしょう。これは少ないですが気持ちです」

渡辺は、白い封筒を差し出した。

「待ってください。私はご期待に反し一五万ドルという大金を損しました。私はどうやって補塡をすればよいか、本日ご相談するつもりでした」

「いいや。気にしなくてよろしい」

温和な渡辺が首を横に振った。

「あっ、それと。私が紹介した現地の男ですが、もう亡くなってしまいましたが、私が現役時代に大変世話になった、先輩の紹介だったのです。遺族に何か……」

渡辺は途中で話をやめ、車椅子からソファに移動しようとした。関が背後から渡辺を抱きかかえようとした。

「大丈夫です。君のおかげで上半身、とくに腕に筋肉がつき、簡単な移動は自分でできるようになったからね」

何事もなかったように穏やかな笑顔を関に返した。

「私がウガンダに着き……」

関はゆっくりと語りだした。

対面

「カンパラ空港に着いてすぐ私は万が一のため空港の売店で現地の携帯電話を五ドルで買い、宿泊先のホテルで渡辺さんの指示した時間にサントスとフロント前で待ちました」

「すぐに会えましたか？」

「いいえ。ホテルには大勢の客が行きかっており、それらしき人影はなく、私から見ると、どの顔も同じ顔に見えました」

「そうかも」

「周囲を見渡していると、二人の小柄な男が声をかけてきたので彼らと分かりました。アッ、失礼しました。この二人と」

「どんな感じでした？」

「愛想はよかったのですが、何処となく落ち着きがなく、見るからに貧乏くさい風貌でした。渡辺さんが本当に彼らと知り合い？　と思いました」

その時の様子を話し出した。

「ハウ・ドゥー・ユー・ドゥー」

通訳はサントスだ。まずは簡単な挨拶《あいさつ》から始まった。サントスが流暢《りゅうちょう》な英語で話すが、相手はフランス語しか分からず、すぐにフランス語に切り替えた。

「君、何か国語話せるのや」

「五か国語です」

渡辺が連絡を取っていたシンバという男は五〇歳過ぎで、古びたジーンズに半袖の赤いポロシャツ姿。自分より二〜三歳若い男をそばにつけていた。お世辞にもカネは持っているようには見えなかった。

「誰か探しているのか」

彼らが周囲を見渡している。警戒しているようだ。

「どうしたんや？」

関が問いかけ、サントスが同時通訳する。

「ここはスパイが多く、誰が聞いているかわからないのです。だから人目のつかない所……」

とシンバが小声になった。

「OK。カミング・マイルーム」

四人で関の部屋に向かった。

四人がエレベーターに乗り込み沈黙が続いた。関が彼らの手荷物を観察、だが男たちは軽装で何も身に付けていないのだ。

「ノーゴールド？」

関が尋ねた。

「ノープロブレム」

涼しげにシンバが親指でＯＫのサインを見せる。

関の部屋に入るなりシンバの表情が変わった。

「このセレナホテルは一流なので、いろんな人間が出入りしておりセキュリティーがきびしいのです。特に砂金の話は気をつけないと」

「わかった。それより砂金はどこにあるのや」

「私たちが泊まっているホテルの部屋に、今から行きましょう」

「ノー。ここに持ってきなさい」

と命令口調で指示した。関は安全のためホテルから出たくなかった。そしてバッグのチャックをわざとらしくゆっくり開いた。二人の男の視線がバッグの中に集中した。そこには帯を巻いたドル紙幣の束がぎっしりと詰まっている。シンバの目が一瞬輝いた。

「砂金を持ってきたら検査できる店で取引しよう、と関さんが言っています」

「ＯＫ。今日は金曜日の夜だから検査する店は閉まっています。でも私の知っている店は空港の近くですが開いているかも知れないので連絡してみます」

男は携帯で誰かと話しだした。

「駄目でした。もう閉まっています」

「わかった。それなら仕方がない。構わんから砂金をここまで運んできなさい。サントス！　通訳してくれ」

「ノー」

大きく首を振った。二人の男が同時に口をとがらせ関に言った。

「ＯＫ！　だったらやめよう」

関は間髪容れず彼らを部屋から追い出しソファに座った。

「サントス！　君はどう思う？」

「少し考えましょう」

時刻は夜の一〇時。

「ところで君のキンシャサの友人はいつここに着くんや」

「今、ケニヤのナイロビ空港です。大統領のミーティングで少し遅れています。ここに到着するのは一一時になります」

「わかった。それなら話は明日や。腹が減った。飯にいこう」

二人でホテル内の地下のイタリアンレストランに。店内は柔らかな照明が各テーブルを優しく包んでいた。

「奥からジャズの音色が流れてるがな」

「ステージで生バンドが演奏をしてますよ」

「雰囲気はええけど、上手いとはいえんな」

「ここはアフリカです」

目の悪い関は明るいテーブルに案内させ、着くなり喉を潤《うるお》すため日本でも周知のハイネケンビールを注文。

「アフリカ料理は何が入っているか知識がないから、安全にピザを注文して」

料理は二〇分ほどで運ばれてきた。

「肉厚や」

タバスコをサントスの承諾なしに全面にかけた。味は期待していなかったが、お世辞にも美味いとはいえなかった。

「やはり日本の料理は何を食っても美味いな」

「私はこのピザ、美味いですよ」

「ルーツの違いやな」

ところが今日に限って、関の舌は鈍感であった。出された料理はほとんど平らげていた。

「サントス！　あいつに電話してみいや。騙されたつもりで、明日あいつのホテルに行ってみよう」

空腹が満たされた関は余裕がでてきた。

「そうですね。疑わしかったら買わなくていいのですから」

部屋に戻ったサントスが関の指示ですぐに電話した。

『ＯＫ。明日九時に迎えに行きます』

弾んだ声が携帯の向こうから聞こえてきた。彼らも待っていたようだ。

「砂金をチェックするところを探します」

サントスはさらっと言い放った。サントスと別れベッドに入るとすぐに寝落ちしてしまった。多分、気が緩んだのだろうし、ドバイでのトランジットを含めると約一七時間の旅の疲れが出たのだろう。

翌朝、空は真っ青の快晴だ。

「あ〜、美味い」

部屋の窓を開け大きく深呼吸をした。部屋に注がれる力強い日差しが、さらに関の自信への養分となった。

「心も快晴だ。待ちに待った砂金とご対面や」

「関さん。来ましたよ」

約束どおり昨日の男がやってきた。男は昨日と同じ赤シャツにジーンズ姿である。タクシーに三人で乗った。二〇分も走っただろうか。街はずれの古ぼけた五階建ての小さなホテルに着いた。

「ここです。ついてきてください」

そう告げると、赤シャツの男が先頭に出た。最上階に案内された。部屋はセミダブルのベッドが一つあるだけで、そばの通路も人間一人が通るのがやっとである。部屋には昨日の赤シャツの相棒が一人で待っていた。関らが着くと相棒は自ら廊下に出ていった。

「どこに行ったんや」

「見張り役です。大金の取引ですから。何があるかわかりませんからね」

「なるほど」

「何かあれば携帯にかかってきます」

「分かった。では砂金を見せてくれ」

「もう少し待ってください」

一〜二分の静寂が続いた。

「ＯＫ」

ちょうど見張り役が一階に着いた頃、赤シャツがベッドに新聞を敷き始めた。そして引き出しから黒の布袋を無造作に取り出した。

「このゴールドは五キロあります」

「中を見せて」

関の声はうわずっていた。生まれて初めて対面するゴールドに興奮したのだ。赤シャツの男は袋の紐をゆっくりとほどきはじめた。

「プリーズ」

赤シャツの男は一歩下がった。黒い袋はちょうど両手のひらに載る大きさである。

関はまず底部分の砂金を指で数グラムつまみだし、続いて各四隅真ん中、手前と取り出し玄人のようにチェックした。取り出した砂金の粒は全て見事な黄金色に輝いている。

(どうやら本物や)

心でそうつぶやいた。

「ハウマッチ」

分かっていた価格を再度聞きなおした。

「三万三〇〇〇ドルです」

「分かった。それなら純度が約八四パーセントくらいだから三万三〇〇〇ドル×〇・八四やな。そして何キロある？」

と尋ねた。

「五キロです」

その言葉を聞き、関は日本から持参した量りに載せた。すると何と目盛りは五キロではなく三・八七キロを指していたのだ。

「おい。ルック」

「分かりました三・八七キロです」

何食わぬ顔で笑顔さえ見せるのだ。

関は電卓を取り出し、

「八四パーセントの含有量やさかい一キロ二万三〇〇〇ドルやから……。袋の重み七〇グラムは引くからな」

と計算した数字を見せた。七万三四〇〇ドルを強引に値引きさせ、持ってきた一五万ドルの中から七万ドルを支払い取引を無事終えた。

「ミスター関。日本に持って帰るとき金属探知器にひっかかるので、アルミホイルを巻けば目立たないのでいいですよ」

と何の疑いもなく言われるままに助言を受け入れた。

「サンキュー。それは使えるな」

「私が帰路の途中、コンビニでアルミホイルを買ってきます」

ホテルには二〇分ほどで着いた。サントスは、途中で車から降りた。ホテルの部屋に入った関は早速、買った砂金を取り出した。

「これが砂金か」

不気味な黄金色である。

「コンコン」

部屋のドアをたたく音がした。ドアの前にサントスと見知らぬ男が立っている。

「私の友人です」

「私、グレイグと言います」

「どうぞ」

「彼はキンシャサで政府の安全担当大臣の顧問弁護士です」

サントスが紹介した。

「後ほど、コンゴのゴマ（コンゴ民主共和国の都市名）から知り合いが砂金を一〇キロ持ってきます」

入室するなり、弁護士の第一声である。

「ＯＫ」

と関のひと言。だが関には八万ドルしか残ってなかった。


一二時二〇分になった。渡辺が駐在日本大使との食事を手配していた。関とサントスは、ホテルの車で日本大使館に向かった。わずか四分で二五ドル。

「おいおい空港からホテルまででも二〇ドルだった。ホテルから大使館まで何キロや。ぼったくりやないか」

と、日本語で運転手に文句を言うが、無駄な抵抗である。

「なぜ一般タクシーを使わなかった」

「大使との食事で関さんはスーツを着用でしょう。外は蒸し暑くて、すぐに汗を掻いてしまいます。町のタクシーは古く、クーラーがついていません」

大使公邸前の大きな門に到着。運転手がクラクションを鳴らした。一分ほどすると自動小銃を肩から掛けたSPが、車の底を長い棒の先が皿の形をした金属探知機で検査を始めた。まるで地雷を探しているようである。男は一通りの検査を終えると公邸内に戻った。静寂が続く。町の重要施設の出入口には必ず自動小銃を肩からぶら下げたガードマンが安全を維持している。まるで戦場のようである。

戦争経験のない関にとって、ウガンダでの光景は日本で味わったことのない物騒なものばかりである。先ほど検査したSPが門を開け、車を玄関に招き入れた。

「遠いところをよくお越しになりました。渡辺さんからもメールがありました。疲れたでしょう」

降りると皆川《みながわ》大使が笑顔で出迎え、まずはロビーの応接室に通された。公邸内はうす暗く、関が想像していた大使公邸のイメージとは違った。関は目が悪く足元をじっくり確かめ、案内されたソファに座った。

「まずはウエルカムビールで乾杯しましょう」

「うまい。暑さのせいですかね」

「ここは暑いですからね」

「今回、私が来たのは……」

「食事の用意ができました」

関が用件を大使に話し始めるとスタッフの男性が何ごとか大使に伝えた。

「お話の続きは食事をしながらにしましょう」

公邸のテラスにテーブルが用意され、日本食が並んでいた。刺身、味噌汁、ご飯（但し日本米ではない）、漬物などだ。

「やはり公邸ですね、日本食が食べられるとは」

「後でここの庭で栽培した野菜のてんぷらがきますよ。味わってください」

中庭をのぞくと一〇〇平方メートルほどの野菜畑があった。公邸で昼食と南アフリカ産の赤ワインをゴチになり一通りの情報を仕入れた。長居をしては迷惑と思い一時間あまりで切り上げた。

「関さん。ホテルまで送らせましょう」

大使館の外交官ナンバー車は威力があった。ホテルの厳重なチェックはフリーパスである。

ホテルに戻って電話をしていたサントスが関に伝えた。

「私の友達が出かける前に言っていた、一〇キロのセラーが四時に到着します。大丈夫ですか」

「問題ない」

自然と関の顔が緩んだ。

約束の時間になった。サントス、グレイグ、さらに二人の男が関の部屋にやってきた。

一人は青い半袖のポロシャツをはおり汚れたジーンズ姿である。この男の背は一六〇センチくらいと小柄で、絶えずニヤニヤしているが目つきは鋭く油断はできない。もう一人も背は同じく一六〇センチくらいで、左手に火傷《やけど》でもしたのか皮膚の色が白くまだらになっていた。

「彼はグレイグ弁護士の友人の知り合いです。このグループのリーダーです」

サントスが説明した。

「そしたら本題に入ろう」

だが彼らは無反応で、関の話をうわの空で聞いているのだ。

「砂金を本当に買うのか疑っているみたいです」

「売り込みに来たのに？」

関は朝買った三・八七キロの砂金と八万ドルのキャッシュを見せることにした。

「アロー」

急に火傷の男が携帯で誰かに連絡を始めた。

「誰にかけているのかな」

サントスに尋ねた。

「一〇キロの砂金を持っている人に電話しています。本当に日本人がいるのか、バイヤーなのかを聞いているみたいです」

三〇分もすると三〇代半ばくらいの黒人がやってきた。姿恰好は何処にでもいる普通の男である。関が男に砂金とドル紙幣を見せた。

「今持っている砂金とあわせて合計一〇キロほしい。足りないカネは、日本に帰ってからグレイグに振り込む」

「ＯＫ！　ホテルに乗ってきた自家用車に積んである。取りに行こう」

男はそう告げるとにやりと微笑んだ。

関とサントスを残し全員が出て行ったが一〇分足らずで戻ってきた。

「早！」

「ホテルのセキュリティが厳しく金属探知機に反応してしまい、私たちでは駄目です」

「何が問題なん？」

「砂金の売買は許可証がなくては駄目なようです」

「僕のセカンドバッグに隠したらいいのでは。でも、インボイスや輸出の関係書類はあるのやろうね」

「大丈夫みたいです」

「今度は、サントスに砂金を持たせるから安心しなさい」

男たちは了解した。

「うまくいきました」


一〇月二四日。

朝から胸が躍っている。チェックアウトを早々に済ませタクシーに乗り込んだ。

「空港にやってくれ」

最後の詰めが残っていた。手に火傷をした男から砂金の買い付けのインボイスを受け取るため、途中、オフィスに立ち寄ることになっていた。しかし飛行機の出発時間が迫っておりオフィスの前の路上で受け取ることになった。

車窓から手を出し受け取るが、男は手のひらを突き出した。

「チップ・プリーズ」

「あほ！　君には、ようけカネがはいったやろ」

男はすぐに納得。言葉は通じなくとも声質と顔色で判断できた。全て終わった。渡辺さんに良い報告ができる。

車窓からの景色は玄関先が埃にまみれているにも拘《かか》わらず、全く気にすることなく忙しく働いている人々の姿が逞《たくま》しく見える。その光景は、関が来たときとは違って「皆、頑張っとるんやな」と好意的に映ったのが不思議だった。

市内から郊外に移り空港に向かう道沿いは、住宅街と出店がまばらに建ち並んでいた。

「あっ危ない！」

関たちが乗っているタクシーの前を、急に一台の乗用車にふさがれた——。


「以上が、ウガンダに到着してからの出来事です」

「そうですか」

「申し訳ありませんでした」

関は頭を深々と下げた。

「頭を上げてください。すべて私に責任があるのです」

渡辺との出会いから、二年半が経過していた。上京して介護の道に入り初めて接遇した利用者であった。当初の一年間は全く会話がなく、あるとすれば高圧的で嫌みな命令口調で指図ばかりをする渡辺の言葉だけだった。

「なんで、こんなに偉そうに言われなあかんのや」

何度も辞めようかと思った。しかし妻の死を境に相手を思いやる心が芽生えていた。

新聞記者を辞め四〇代半ばで介護の道に進んだ。渡辺は関に我がままをぶつけてきた。〝石の上にも三年〟。妻の死後自分に与えた試練と心に決め謙虚さと素直さを実践。どんな難題でも言われることは素直に聞き入れる。それを乗り越えることで自身を大きく成長させてくれると心の底から思っていた。

それゆえに渡辺から少々の無理難題を押し付けられても関なりに前向きに行動した。

渡辺は官僚のトップ、事務次官に手が届く位置にあった。当時、失速した森政権から次期政権に引き継がれるとき、経済担当外務審議官として世界で活躍していた。

それが不慮の事故、ゴール手前で……。さぞ無念だっただろうと思った。仕事人間にとって、しかも超エリートだっただけに悔しかった、いや情けなかったはず。関は渡辺に罵倒されようが意地悪されようが、彼をどこか憎めなかった。それどころか父親の愛を知らず育った関は、父親に説教されているような気さえしていた。しかも渡辺の言動の奥には何か優しさのようなものが、気のせいかもしれないが感じられた。

渡辺への報告が終わり、数日が過ぎた。

渡辺の事務所にいるとき、関の携帯が鳴った。ウガンダのサントスからのライン電話だ。

「何か分かった?」

『ええ。あれから警察に行き、被害届を出しました。そして赤シャツの詐欺師の携帯番号からG

ＰＳで居所をつかむことができ、逮捕しました』

「本当か！　それでカネは取り返せた？」

『それが、取り調べに立ち会いましたが、カネは持っていませんでした』

「どこかに隠してるのでは？」

『私もそう思い刑事にチップを渡し、きつく取り調べをしてもらったのですが。結局は一ドルも取り返せませんでした』

「ちょっと待って。渡辺さんに代わるから」

携帯を渡辺に渡した。

「サントス君。久しぶりです。駄目だったたって！」

『はい』

「そうか」

ひと言で会話は終わった。

「もう切っていいです」

と関に携帯を手渡した。

「わかった。いつ帰国するのや？」

『後始末を終え次第。遅くても二〜三日中にはと思っています』

携帯を切った後、二人の顔は曇っていた。

「どう思いますか？」

渡辺が関に尋ねた。

「しっくりしません」

「私もです。しかしこれ以上サントスを詮索《せんさく》しても仕方がありません。あきらめましょう」

「申し訳ありません。すべて私の責任です」

「関君。責任を感じる必要はありませんよ」

渡辺の態度は普段に戻っていた。関が渡辺に尋ねた。

「サントスをどう思いますか？」

「どうしてですか？」

「いえ。ちょっと……」

「疑っているのですね」

「はい」

「信用はしていません。しかし、今はそれを分かって使うのも使う側の器量です。それと彼のファミリーは信用できます」

「ファミリーは信用できても本人が……」

「大丈夫です。いつか分かります」

きっぱり言いのけた渡辺の目は笑っている。

「渡辺さん。今回の件、これからどうしましょう？」

手を両ひざに乗せ背筋を伸ばした。

「そうですね。少し考えましょう。人生まだまだありますからね」

渡辺が発する眼光は鋭かった。何か私案がありそうである。

「今回の件は私に責任があります。どうなるか分かりませんが、私に任せていただけませんか？」

「いいでしょう。分かりました。しかし責任は感じなくて大丈夫ですから」


三日が過ぎた。

関は帰国する前、サントスのホテル代をクレジットカードで三日分支払ってきた。

『カネを取り返すため滞在日が足らないので、ホテル代を送ってください』

渡辺に負担をかけまいと、関はポケットマネーの四万円を振り込んだ。ウエスタンユニオン銀行は便利で、その日のうちに世界どこの国でも即受け取れるシステムだ。

『無事四万円受け取りました。ところで関さん！　私たちを捕まえた警官と渡辺さんが紹介した男はグルでした』

「最初の男か？」

『そうです。なぜなら警察に被害届を出そうとしても受け付けてくれません。それに二〇万円を受け取った警官に、「関は日本に帰国したんだから君も帰れ！」と言われました。最初の男は警察の上司にカネを渡しているので捕まりません』

予想外の報告であった。

「分かった。せめて被害届を受理した書類をもらって来いよ」

『駄目です。一切受け付けないのです。それとグレイグが紹介した手が火傷した男の携帯はまだ繋がっているので、ＧＰＳで捜査してくれというと警官が八〇〇ドルよこせというのです』

「おいおい、ちょっと待ってくれ。コレって犯罪や。捜査するにもカネがかかるのか」

『そうです』

「君、ほんまに警察に行っとるのか」

関にはサントスの言動と行動が、うさん臭く思えた。

外務省に連絡するも、「大使館は民事介入できませんので」とあっさり断られた。

翌日サントスに連絡を入れた。

「今日の報告は」

『火傷の男は捕まりました。今刑事が取り調べてカネのありかを知ろうとしています。八万ドルはすでに三人で山分けして、彼も少し遣ったようですが、多少残っていると思います』

「だったら、ほかの奴らも捕まえられるのとちがうのか？」

『分かりません。とりあえず捕まえた男からカネを取り返します』

関はサントスの報告に納得するしかなかった。

「ところでグレイグは？」

『ゴマの紹介者を捕まえに行っています。しかし今回の件はゴマの男は何も知らないようです』

「ちょっと待て。グレイグが君に紹介したんやろ。だから僕は信用したんや。それにグレイグが紹介した男に僕が渡したカネから紹介料を受け取ったはずや。今頃言い訳をするな」

『私はゴマから来たとは言っていません』

平然と言ってのけた。

「ボケ！　誰が僕に通訳したんや。君が僕にどんな通訳したか覚えとるはずや。僕の情報は全部お前からの通訳やないか」

関はサントスの無責任な態度に語気を荒らげた。

『…………』

「だから相手の話を一言一句、僕に通訳せんからこうなるんや。君が自分の都合のええように解釈して僕に通訳したんと違うのか？」

なおもサントスを責めた。

「ウガンダに着いたとき、僕は君に話したはずや。ホテルに着いたらフロントで砂金をチェックする店を紹介してもらえと。それと相手がしゃべったこと全て一言一句通訳せえと」

言うべきことを告げると、関は一方的にライン電話を切った。


一一月一日。昨夜、話したことがサントスに理解できたか疑問だった。しかし帰国の飛行機のチケットは渡辺か関のどちらかが支払う責任があった。だが、さらに延泊？

『私はもう少しウガンダに滞在したいので延長のホテル代を払ってください。警官に手が火傷の男を捕まえさせるための八〇〇ドルを現地の友人に借りて払いました』

関はホテル代を払うべきか迷ったが、翌日カネを送ることにした。

一週間があっという間に過ぎたが、事態は何も進展しなかった。

サントスからライン電話がかかってきた。

『警察の幹部から、おまえも仲間だからウガンダから出国させん、と言われ、パスポートを取り上げられました』

「君な！　僕が被害届の委任状を書くから、警察の住所と警察官の名前をメールしてくれ」

『わかりました』

返事はよかったが、最終的に送られてはこなかった。

「こいつ、ネコババしたのと違うか？」

関が帰国してもう二週間になる。事件は一向に解決せず、ただ日にちと経費だけがかかっていった。サントスからは毎日ライン電話が入った。だが、その時々で言うことが違った。

『八万ドルは、私が日本に帰って働いて必ず返します』

と当初、言っていた。

『私もグレイグもカネがありません。だから関さんがホテル代、飛行機代を払ってください。それと捕まった手の火傷の男は釈放され逆に私が刑務所に行くかもしれません』

「ちょっと待てや。渡辺さんの紹介で買った偽物の砂金代の七万ドルを君に責任を取れ！　とは、ひと言も言うとらんやろ。ただグレイグの紹介で買わされた偽物の責任を取れと言うとるのや。それに、君がウガンダに残ったのは少しでも詐欺師からカネを取り戻せば僕に返す負担が楽になると考えたからやろ？」

正論で責めた。

『ちょっと待ってください。私がウガンダに行きましょうと言いましたか？』

高圧的な態度になってきた。

「いい加減にせい！　要は君が八万ドルを僕に返せばええのや。君の見とる前でグレイグが僕に手数料として二〇〇〇ドル請求したやろ、その時君がそれを通訳したんや。だから僕は払ったんや。そのやり取りを全て君は分かってるはずや」

こんな問答が一時間ほど続いた。

「君の考えは自分が悪くても責任は全て相手に負わす。ということか」

ライン電話を一方的に切られた。


翌日グレイグからメールが届いた。そのメールの翻訳を渡辺の紹介でヨルダン大使館員に頼んだ。

「私もその手の話をよく聞きますよ」

「そうですか」

「ウガンダという国は警察、詐欺師集団などが組んで、アンダービジネスを頻繁に行っています。うまく彼らを利用するか、危険を冒すだけのリターンがあるか、良く考えて行動しませんとケツの毛まで抜かれてしまいますよ」

その言葉は、すでに後の祭りだった。

「これが依頼された、グレイグからのメールの翻訳です」

関は翻訳を受け取ると、渡辺のもとに向かった。

〈ディア関。コンゴで砂金ビジネスをやる場合は国の許可がいります。せっかく砂金を手に入れても許可がなければ国外に持ちだすことはできません。また、コンゴ国内での買い付けも許可がなければできないのです。私はその許可を取得することができます。ウガンダでは関さんに迷惑を掛けましたので、興味があるのでしたら連絡ください。グレイグ〉

「どう思われますか？」

「確かに彼の言うとおりです。検討してみる余地はありますね。今回の件は私も浅はかでした。本来ならもっと法律を調べておかねばならなかったのに」

渡辺の表情はいつになく曇りがちだった。

「分かりました。私も調べてみます」

渡辺もまだ砂金に興味があることが分かった。コンゴ民主共和国で更なるビジネスをやるか。不幸にも（？）グレイグと知り会ったことがプラスになるか。繰り返し騙されるか？　今後の課題となった。


数日が過ぎた。

『警察から帰国の許可が出ました。一三日に帰国したいのでエアーチケットお願いします』とサントスが用件のみを一方的に言って、電話を切られてしまった。

「帰国するそうです。知り合いの旅行社にチケットを手配しますがよろしいでしょうか？」

渡辺に許可を求めすぐに旅行社に連絡した。

「悪いけど一番安いので頼む」

『カンパラからドーハ経由で成田着一〇万円ちょっとであります』

「それでOKです。頼みます」

即答しEチケットのナンバーをもらった。

「もしもしサントスか？　Eチケット番号をメールするから」

『分かりました』

弾んだ声が返ってきた。今日はホテル代を送れとは言わなかった。

しかし、その期待はメールを送信した後に見事に裏切られた。

『すいません。チケットはＯＫですがホテル代を支払わないとチェックアウトができないので帰れません』

「何度も僕が言ったと思うけど、話の筋が違う。君の彼女に頼めよ」

サントスの言葉をはねのけた。

夕刻サントスから連絡があった。

『関さんに言われたように、彼女に頼みました』

数日静かな日々が続いた。

キンシャサからグレイグのメールが入ってきた。

「いつも、サントスからの連絡があった後に、必ずと言っていいほどメールが来るな」

メールには何やら二五万ドルとか、一五万ドルとか、デポジットが三分の一とか書いてあった。

「確か、ウガンダのセレナホテルでのミーティングでは、政府から金の扱いライセンスを取得するには費用は七万ドルくらいで大丈夫と言っていたはずや」

最近の関は気が付いていなかったが自問自答することが多くなっていた。

一一月一三日、サントスがウガンダから一九時過ぎに帰国したはずである。だが一時間が過ぎても音沙汰なしであった。

すぐに連絡があるとタカをくっていた。だが、翌日午後三時を過ぎても、携帯は鳴らなかった。

「もしもし、君、八万ドルはどうするのや。ちゃんと説明にこんとあかんやろ」

何度か連絡するが繋がらず、留守電にメッセージを入れた。

翌朝、再度サントスに電話を入れた。だが留守番電話になり繋がらない。だが、焦りはなかった。サントスに、返済資金の工面ができるとは、思っていなかったからだ。

関の砂金買い付けの失敗は、今回で二度もあった。

「一度ならいざ知らず二度も」

関は、自分の確認の甘さを反省し、自身の馬鹿さ加減に嫌気がさした。

一週間ぶりにサントスから連絡があった。『彼女と別れました』ひと言告げると一方的に電話を切られた。

「所詮それだけの関係だったのや。僕を恨むなよ！　おまえ自身の魅力がなかっただけの話や」

関はなんの情もわかなかった。


関の帰国後四週間があっという間に過ぎた。

「僕の心と違い、外はいい天気やな」

午後、渡辺に結果報告のため、清澄通りを歩いている。

「何か吹っ切れたな。高い月謝を払うことになったが」

渡辺の部屋はきれいに片付いていた。関の代わりに別の介護士が面倒を見ていた。リビングに通された関は、直立で渡辺に深々と頭を下げた。

「渡辺さん。今回はご期待にお応えできず、申し訳ありませんでした」

「まあ、そんなに改まらなくて大丈夫です。腰をかけて」

「失礼します」

歯並びの良い白い歯が渡辺の口からのぞく。

「サントスが帰国して一〇日ほど経ちましたが、結局一円も回収できませんでした。今回はすべて私の責任です。申し訳ありません」

テーブルに額がつくくらい頭を下げた。そして、持参した鞄から紙袋を差し出した。

「これは？」

「一四〇〇万円です。私のカネですのでご心配ありません」

「一体何の真似です？」

渡辺の顔がこわばった。

「私の責任の証です」

「馬鹿な。この件は私にも責任があり、もう私なりに解決しています」

現金を押し戻した。数分の押し問答が続いた。

「私はこの年齢になって、自身の甘さをつくづく思い知らされました。帰国して私なりによく考えました。何事も自己責任であり他人を恨むべきではない、と反省しました」

渡辺が大きく深呼吸をした。

「分かりました。では私の条件をのんでもらえるなら受け取りましょう」

渡辺に考えがあるようだった。

「今の会社を辞め、私の私設秘書兼パートナーとして活動してくれませんか？」

唐突だった。沈黙が続いた。

一呼吸おき、生唾をゆっくり飲み込んだ関。

「渡辺さんは私の過去をご存じですか？」

「少しは。元経済記者ということは知っています」

「分かりました。結論を出す前に、渡辺さんにはお話ししていない、私の過去をお話しします。そのうえでまだ私をパートナーと言ってくださるなら喜んでお受けします」

関はテーブルの冷めたお茶を一気に飲み干した。

「今から一〇年も前のことです。自分で言うのもおこがましいのですが……」

関は渡辺に、ゆっくり語り始めた。

第二章　運命の岐路

社内は記者たちの電話連絡や打ち合わせで騒然としている。関の机にはＰＣが置かれ無造作に山積みされた資料が机を占領していた。ＰＣの電源を入れメールチェックから始めるのが関の出社一番の作業である。

「迷惑メールか？」

削除しようと最後の文章を確認した。

「部長！　やっと南北郵船の横田英樹《よこたひでき》にアポ取れました」

一年半前から取材を申し込んでいた。関は毎経新聞社大阪本社に入社後一五年が経とうとしていた。地方支社回りを経て政治部に四年、経済部に配属になって六年が経過していた。

幼少のころに父親の母に対する暴力で両親が離婚。小学生一年生の夏休みに母に引き取られ苦学の末卒業、やっとのことで念願の新聞社に入社できた。貧乏で育ったせいか物質欲が旺盛で、人一倍負けず嫌いである。同期に対し強いライバル心を持ち誰よりも早く出社し、誰よりも遅く退社していた。

「関！　気をつけろよ。一筋縄ではいかん人物やからな」

「ええ。当たって砕けろです」

関は社内で同僚とすれ違うたびに笑顔を振りまいた。関は経済部の中でも主に「人と企業」というコラムを担当、日本の財界人や起業家の人物像を週に一本、記事にしていた。関は国内の起業家ばかりに着目。記者として順風満帆な日々を送っていた。が、一方で心配事があった。

その夜、子宮がんで入院中の妻、佳代子に報告も兼ね見舞いに訪れた。病院は関が勤める大阪北区の桜橋《さくらばし》にある新聞社から近く、地下鉄四つ橋線の肥後橋《ひごばし》駅から徒歩一〇分の場所にあった。この病院は住田《すみだ》グループが経営母体で、隣にはリーガロイヤルホテルがあり環境的には関も満足していた。

エレベーターで一五階に。ナースステーションを通り一五一六号室の小さな個室に勢いよく飛び込んだ。

「佳代子！　僕やっと一人前に認められたかも」

ベッドに横たわった妻に告げた。病室には娘の智子もいた。授業を終えると、毎日、欠かさず見舞いに訪れている。

「どうしたん。あんたは元から仕事はできたでしょう」

妻はすでに余命半年の体でやせ細っていたが眼だけは大きく輝いていた。自分の病名は担当医からも家族からも知らされてなかった。いつか退院できると思い、看護師には夫と娘の自慢話ばかりを話していた。

結婚前から話し好きで天真爛漫な性格だ。病気になるまでは、いつも娘の智子と行動を共にしていた。口癖は「私は賢くないから、賢いあんたと結婚したのよ。でも私は馬鹿だけど人を見る目だけは誰にも負けない自信があるの。あんたは自分の思うまま仕事をすればいいのよ」だった。

関が迷っている時は、いつもその言葉で励ましてくれた。

がんが子宮から卵巣に転移し膀胱が妊婦のようにパンパンに膨れ上がっていた。体が抗がん剤の常用で疲れているにもかかわらず無邪気に関に微笑んでいた。副作用で辛いはずである。

佳代子は関より一歳年上の姉さん女房だった。二人は見合い結婚。初めて紹介された席で話が弾み、三時間しゃべり通しで仲人が呆れ先に帰ってしまったほどであった。

「佳代子。横田英樹って知ってるやろ。僕、その人物に会えることになったんや」

「横田って何よ」

佳代子は興味なさそうに尋ねた。

「君、ほんまに知らんのか？　ほんなら東西デパートは知ってるよな」

「あたりまえでしょう。それくらい誰でも知ってるわ」

「そのデパートはもともと黒木屋だったのを乗っ取りしたんや。それを東西電鉄の後藤龍太《ごとうりゅうた》に上手く横取りされてしまったんやけど……」

「その人に会えるの」

「そうや」

「すごい！　やっぱりあんたは仕事ができる人って、私が言ったとおりでしょ」

「お父さん！　そんなにその人に会うのって大事なことなん」

中学生の智子はぶっきらぼうに関に尋ねた。

「智子！　お父さんは新聞記者として一流の人物に取材して読者に知らせるのが、唯一の生きがいなのよ。あなたは私の事、心配して言ってくれているのは分かるけどね。私はお父さんがちゃんと仕事してくれる方がうれしいわ」

「だって。お母さんは普通の時と違うでしょ」

「智子！」

関が智子の顔をにらんだ。妻に病名が悟られると思ったからだ。智子は顔をそむけた。

「フー」

関は大きく息を吸い込んだ。

「智子！　僕にとってお母さんがこの世で一番大切な人なんやで。でもな。仕事というのは責任があり、僕の仕事は読者に知らせるという使命があるのや。おまえがもっと大人になって世間に出れば分かってもらえると思うけどな」

「そうよ」

佳代子は智子の手を握り微笑んだ。

二か月が過ぎた。

東京出張

出張前日、多忙を口実に見舞いが間遠くなっている関に、智子は腹を立てていた。

「明後日の朝九時半に取材やから、明日の夕方から東京に出張や。だから明後日の夕方にはもどるからね」

「お父さん。このところ、お母さんの見舞いに行ってないね。お母さん最近しゃべるのもしんどうそうなんよ。ひょっとして……」

「めっそうもないこと言うなよ。戻ったらすぐに行くから」

「仕事は大事かも知れんけど、お母さんのこと大事にせんと私、知らんからね」

智子は肩まで伸びた髪を無造作にかき分ける。

出張当日、智子がまた関に食い下がった。

「お父さんいい加減にしてよ。出張する前に顔ぐらい出すべきでしょ。お母さんのこと心配ではないの？」

「すまんな！　君に負担をかけて。ほんまに戻ったら、毎日でも、お母さんの看護をするからもう少し我慢してくれるか？」

「何言ってるのよ。私のことより、お母さんはいつもお父さんの話題ばかりなのよ。口には出さないけど会いたがってるのよ」

関はあえて病院には行かないようにしていた。妻のやつれていく姿を現実だと認めたくなかった。

「わかったよ。戻り次第すぐに行くと伝えてくれるか？」


インタビューは順調に終わった。横田は多忙だったが、約束の時間を大幅に超過しても、まだしゃべり足りない様子だった。関は、時間が押していることを気にしながら、その後、約束していた東京在住の人間と打ち合わせや取材をこなすと、いつしか夕刻になっていた。

「新大阪到着は二一時か？　見舞いの時間は門限を過ぎてしまっているな。難波《なんば》の雀荘に顔を出してみるか」

佳代子の見舞いと取材の報告は明朝にした。

関は新人記者時代に先輩記者から麻雀に誘われカモにされていた。数年すると逆に毎月小遣いに不自由することがなくなり、繁華街の雀荘に出入りするようになっていた。

「いらっしゃい。久しぶりですね」

「ええ。仕事が忙しくてね」

関がこの『雀』という雀荘に通いだして四年が過ぎていた。御堂筋《みどうすじ》と堺筋《さかいすじ》の中間にあり雀荘としては地元で古くセミプロなどがたむろしている。そのため一人でいつ行っても好きな時に参加でき好きな時にやめることができた。

店員は関の職業を一切知らない。ただ麻雀が好きで月に一、二度通っていたが妻が病気になってからは一度も訪れていなかった。

「今日も一一時までですか？」

店員が愛想よくお絞りとお茶を出してくれた。

「ええ。頭の体操やからね」

六卓ある麻雀テーブルのうち、三卓が動いていた。

「久しぶりですね」

「ちょっと時間ができたから二時間ほど遊ばせてもらうわ」

出されたお茶を一口、口に含んだ。

「関さんどうぞ。この席が空きましたので」

その卓には関が何度か対戦していた顔見知りの客がいた。

「久しぶりやな」

歳のころは三〇歳を少し超えたくらいだろうか。夜なのに色眼鏡をかけた、一見遊び人風の男が関に声をかけてきた。関はこの男があまり好きではなかった。マナーが悪く、他の客ともめているのを見たこともある。

「そうやね。久しぶりやね」

ゲームが進んでいくと、遊び人風の男がルールを無視しだした。

「いい加減にずるはやめや」

強い口調でたしなめた。男は無視し同じことを繰り返した。

「おい！　何しとんや」

関が立ち上がった。

「何を。君！　誰に物言うとんねん」

男も立ち上がり麻雀パイを関に投げつけた。

「お二人さん。やめてください」

店員が止めに入った。

「どうされたんです」

「この男が何度も先自摸《さきづも》してポン言うたり、点数をごまかしたり、やりたい放題なんや」

「そうなんですか」

店員が他の客に尋ねた。しかし他の客は無言のままである。

「機嫌を直してください。お願いします」

店員に頼まれしぶしぶゲーム続行となった。だが険悪なムードは続いた。

男がまたルールを無視した。

「何回言ったら分かるんや」

関と男が立ち上がりお互いの襟元をつかんだ。

他の卓でゲームをしていた男二人がすぐさま関に駆け寄った。どうやら遊び人風の男の仲間らしい。

三人は紺のスーツに派手なカラーシャツを着こなし、サラリーマンには見えなかった。しかも三人とも一〇〇キロは優に超える巨体である。

三人が関を取り囲んだ瞬間だ。一人がいきなり関の顔面を殴打した。

「何するんや」

関は、学生時代から腕力には自信があった。咄嗟に反応した関は、右握りこぶしで殴ってきた男の顔面に左右二発のパンチを浴びせた。男はパンチの強さに吹っ飛んでしまった。すると残りの二人が関をはがい締めにした。遊び人風の男がそのすきに関の正面に回り、関の腹や顔を数回殴りつけた。

「うむ」

関の顔が歪む。だが眼光鋭く反撃のチャンスを窺っていた。

一瞬のスキを見逃さなかった。近くにあったアルミの灰皿を遊び人風の顔に叩きつけた。当たりどころが良かったのか、遊び人風の男の色眼鏡が吹っ飛んだ。

周囲はど派手なケンカを楽しんでいるのか笑い声が関の耳にも聞こえている。ケンカ慣れしていて落ち着いている関。先輩と呼ばれる男に一撃を入れた瞬間だった。関は背後から取り押さえられ、両手を後ろに回された。

「カチッ」

鈍い金属音がした。手錠をかけられたのだ。三人の男は救急車、関はパトカーに乗せられ連行されてしまった。

「お巡りさん、正当防衛です。なんで私が連行されなあかんのです？」

「それは本署で取り調べをすれば分かるから」

二〇分ほどで南署に着いた。着くとすぐに二人の刑事に二階の取調室へと手錠をかけたまま連行された。

「あんた、あの人、頭に怪我しとるよ。彼らは被害届を出すゆうとる」

「ちょっと。なんで三対一の私が加害者なんですか？」

「あんた、素手でのうて物をつかったやろ。当たり所が悪かったら死んどるかも知れんのや。殺人未遂で取り調べるわ」

「あんな灰皿で、あほな」

二時間ほど調書を取られた。

「今日は、ここまでにしとこ」

「えっ」

「泊まってもらうよ」

「ちょっと待ってください。私は新聞記者です。相手は裏稼業の人間です。私より相手をちゃんと調べてくださいよ」

「被害者は地元の会社勤務で彼らの身元はしっかりしとる」

「…………」

四階の留置場に勾留された。

(僕はなんと馬鹿なことをしてしまったんや。会社に知られてしまえば首になるかもしれない。妻は明日をも知れないというのに)

その夜は後悔で一睡もできなかった。

翌朝も取り調べが待っていた。狭い部屋で刑事二人に同じことを何度も何度も聞かれた。

「僕はいつ釈放されるのですか?」

「しばらくここに泊まってもらうことになる」

「どうして。相手が悪いのに」

「今朝、告訴状が届いた。全治二週間の診断書と一緒にな」

「そんな! 三対一だったし、僕は身を守っただけですよ!」

「向こうは、そうは言っとらんぞ」

「『雀』の店員にも聞いてくださいよ」

「お前と相手が取っ組み合った。他の客が仲裁に入ったのを振り払って、お前が相手を灰皿で殴ったと言っておったぞ」

「そんな……」

佳代子のことが気になった。智子のことも気になった。会社のことも気になった。自分は悪くない、話を聞いてもらえば納得してもらえると関は信じていた。

留置場で二晩を過ごした。昨晩も佳代子の夢を見た。関は覚悟を決めた。

「弁護士は呼べますか？」

「知り合いでもいるのか？」

「当番弁護士をお願いします」

「じゃあ連絡しておくから」

二時間後、関は面会室で、アクリル板越しに弁護士と向かい合っていた。銀縁眼鏡をかけた三〇代の男だ。問われるままに麻雀店での出来事を話した。刑事に何度も話していることだから、慣れたものだった。

「それより、先生、僕の妻が重い病なんです。容体を聞いてきてくれませんか？　それに子供のことも心配です」

「分かりました。まずは、事件の方を片づけましょう。関さんが、相手を負傷させたことは事実です。示談金を支払うつもりはありますか？」

「なんで、僕は悪くないのに……」

関は口をへの字に曲げた。

「そうですねぇ。被害者に示談金を支払って和解すれば、不起訴になる可能性もあります」

「なんでもしますから、早う、僕をここから出してください」

「分かりました。示談金を支払う方向で、被害者とは話をします」

「それと、僕の会社には、冤罪で欠勤していると言っておいてください」

弁護士は、苦笑しながら頷いた。

関は四八時間の拘留期間が過ぎ警察署から都島《みやこじま》拘置所に移された。独房に入った関は毎日妻のことが気がかりでたまらなかった。朝になると鳩が独房の窓のそばに集まってきた。

「おはよう。君たちはいいな。自由で」

焦りと寂しさを紛らわすためか、つい鳩に話しかけていた。生駒山《いこまやま》から伊丹《いたみ》空港に降りていく飛行機がラッシュ時には数分間隔で拘置所の頭上を通り過ぎていった。

「どうか私が釈放されるまで妻の命を守ってください」

関は毎朝夕の日課で生駒山に向かって祈りを続けていた。

「おい。おまえたちがうらやましい。好きなところに飛んでいけて」

独房の窓に数羽のハトが関の差し出すご飯粒に何度となく寄ってきた。

「おい！　二七八二番。餌をやると懲罰を課すぞ。やめとけ」

看守が関に注意を促す。

風呂は同じ階にあった。風呂と言っても一人がやっと入れる広さで、湯には先に入浴した囚人の垢や髪の毛がみそ汁の具のように浮いている。だが週に一度の風呂はじっと独房で過ごす関には唯一の楽しみだった。

一週間が過ぎた。その間に二度弁護士が面会にやってきた。

「先生、早く保釈申請を出してください」

「提出はしているのですが却下されてしまいました」

「どうしてですか？」

「まだ被害者と示談できていないのが一番の理由みたいです」

「だったら、相手と早く会ってくださいよ」

「わかっています。連絡を取ってはいるのですがね」

「先生は当初、簡単に示談できると言っていたでしょう」

こんな問答ばかりで関は焦る一方だった。

「先生。これを裁判所に出してください」

二枚の便せんだった。

「これは？」

「嘆願書です」

弁護士は受け取った便せんに目を通した。

「わかりました。無理と思いますがやってみましょう」

〈私が今回犯しました罪に対し、どんな罰でも受けたいと思います。ですが今、私の妻は危篤で明日をも知れぬ状態であります。最後の妻の死に水を取ったのち、すぐに収監していただいて構いませんので、どうか後生です。妻の死に目に会わせてください。お願いします。どんな罰でも受けます。毎日毎日が心配でたまりません。一時で結構です。妻に会わせてください。

関　陽彦〉

裁判長様

嘆願書を出して三日が過ぎた。外は太陽が沈もうとしていた。

「今日もダメか」

看守の足音が関の独房の前で止まった。

「おい二七八二号！　出なさい」

「どうしました」

「釈放や」

「えっ」

一挙に関の目から涙があふれ出た。やっとのことで保釈が認められ拘置所を出ることができた。


「弁護士先生、病院は？　佳代子の具合は聞いてくれた？」

関は気が急いてならなかった。

「誰が入院しているとか、容体だとか、電話一本では教えられないと言われて……」

「先生、弁護士なのに、使えないなぁ。直接行ってくれればええのに」

「そんな時間があるもんですか！」

関の携帯、所持品が返却された。携帯を改めると、智子からの膨大な着信履歴が残っていた。

拘置所を出ると、関は真っ先に智子に電話をした。

「どうして電話に出ないのや」

智子は電源を切っていた。関は病院に電話をかけた。

「もしもし、一五一六の関佳代子をお願いします。夫の関陽彦です」

『少々お待ちください』

交換手の声だ。電話の先から流れる曲が妙に寂しく感じる。曲が止まった。

『担当医に替わりました』

「あっ、先生。関です。関佳代子の夫の関陽彦です」

『はい。このたびは……。関佳代子さんは、退院されました』

「退院って良くなったのですか？」

『いいえ。一二月一二日にお亡くなりになり、翌日に死亡退院されました。ご愁傷様です』

事務的な声だった。

関は声を失ない、そのまま電話を切った。どうしていいか分からず、携帯を見ると、智子からのメールが残っていた。日付は、関が留置場に勾留されているときだった。

〈お母さんが大変なの。早く病院に来て〉

関は全身の力が抜け落ち、その場で立ちすくんだ。

「智子は……」

涙をこらえようとするが意思とは別に涙がとまらない。

（もう佳代子とは話すこともけんかすることもできない。こんなことだったら出張するべきではなかった。佳代子！　会いたい。悪かった）

急いで西宮の自宅に戻った。タクシーに乗車中も智子に連絡するが、『おかけになった電話はただいま……』全く繋がらなかった。

自宅に戻った関はドアを開けるが、人の気配はなく寒々としていた。

「智子」

大きな声で呼ぶが無反応である。娘の部屋のドアをノックするが当然反応はない。それでもかすかな望みを繫ぎ、ドアを開け娘が居ることを願った。

「智子！　開けるよ」

関は無性に孤独感を感じた。全てから取り残されたように思えた。

「智子！　どこにおるんや」

関は足取りがふらつきながらもリビングのソファに腰かけた。テーブルに二通の手紙がおいてあった。

急いで手に取った。一通は妻佳代子からのもので封がしてあり、もう一通は娘の智子からのものので、封筒は開いていた。中身は便せん一枚だけだ。

〈私は家を出ます。あなたは人ではありません。父とは思いませんので家を出ます。智子〉

関の唯一の肉親である娘からの……。自業自得だろうか。妻と子との別れが関の心を打ち砕いた。

「僕を一人にしないでくれ」

大声で叫んだ。

「佳代子！　智子！」

関は眼をこすりながら亡き妻の封書を開けた。

〈あなたへ。あなた！　ごめんなさい。もっともっとあなたと一緒に過ごしたかったけど、先に逝《い》ってしまって。本当にごめんなさい。

あなたが気遣って病名を私には知らせないように智子や医師に口止めしていたわね。でも私は知っていたのよ。初めて病院で診断を受け入院した時にあなたの顔色が変わったもの。長年夫婦だったのよ。でも一番悪いのは私です。こんな病気になってしまい、そしてあなたや智子に迷惑をかけてしまった。あなたのことだから私に会えなくなったら泣きじゃくるでしょうね。今から想像したらうれしい反面、心配。

あなたは私が選んだこの世で一番大切な人。だから私の分も幸福になってほしい。それと智子は誰に似たか分からないけど頑固だから私がいなくなった後、あなたとの関係がちょっと心配。でも、根は私に似て素直な子だからよろしくお願いね。そうそう、それと私が貯めたへそくりと銀行預金通帳は自宅のあなたの机の二番目の引き出しの奥に隠してあるので。

私は天国か地獄に行くか分からないけど、二人を見守ってるからね。だから悲しまないで。本当に、本当にありがとうございました。佳代子〉

手紙を読み終えると関は叫んだ。

「佳代子～」

関は手紙を胸に、妻のぬくもりを確かめるかのように両手で抱いた。大粒の涙が滝のように頬をつたい床に落ちていく。

智子の苦難

智子は、神戸にある佳代子の実家に身を寄せているはずだった。

関は、自宅から上司に電話を入れ、無断欠勤の釈明をした。

『そうか。弁護士から連絡があったみたいやが、いずれにせよ、無断欠勤は困るな』

「仰るとおりです。事件に巻き込まれて、頭が回りませんでした」

『それで、これから出社か？』

「すいません。実は、妻が亡くなりまして……」

『エッ⁉　そ、それは、大変な時に、大変なことが重なるもんやな……。ご愁傷様です』

「二、三日、お休みをいただきたいのですが」

『それはええが、仕事は大丈夫か？』

「はい。横田英樹氏の取材も上手くいきました。時間を作って原稿を送ります」

『お疲れさん。無理のないところでな』


一二月も半ばを過ぎた三ノ宮駅は薄っすらと雪化粧をしていた。夜八時。関の顔に情け容赦なく海から吹く寒風が突き刺さった。

「こんばんは！　こんばんは！」

数度となく玄関先で大きな声で呼ぶが応答はなかった。だが家の中は確かな人気がある。

「関です。どなたかいらっしゃいませんか？」

ドアに人影が映った。

「あんたは人間ではない。帰ってちょうだい！」

「ひと言もありません」

「母親を亡くした中学生の娘が、健気に喪主まで務めることになるなんて。妻が危篤だというのに、夫は行方知れずだとか、畜生にも劣るわ！」

息をつく暇なく義母の罵声がドア越しの関に向けられた。

「分かりました。せめて子供に会わせてくれませんか？」

か細い声で訴えた。

「智子はここには居ないから」

諦めきれない陽彦は玄関前で正座をした。

「智子！　お父さんや」

と娘に聞こえるように叫び続けた。しかし返答はなく、関は零下二度の寒さの中で一時間繰り返し娘の名前を呼び続けた。

途方に暮れ西宮の自宅に戻った関は、毎日娘の携帯にアクセスするが、智子が出ることはなかった。毎日が携帯とにらめっこである。

部屋は汚れていく一方で、仕事への気力も薄れていった。

退社

「私は妻の死に立ち会えなかったことへの自責の念で、仕事が手につかなくなっていました。上司に指示された取材日を間違えたり文章の誤字脱字のミスが続き……」

渡辺が軽く頷くのを確かめ、関は話を続けた。

「そこに事件が起こりました。上司が家族を冒瀆《ぼうとく》したのです。次の瞬間、つい手が出てしまいました。どんな理由があっても、暴力に訴えることは許されません。

私は悔しさを胸に依願退職。退職後は数社の会社を受けましたが、不採用。そのうち風の便りで娘が東京の看護学校に進学したと知りました。私は妻の遺言のとおり、残りの人生は娘の為に生きようと思い、娘を追って東京にやってきました。でも現実は厳しく、働く場所はありませんでした。

ふと、介護サービスの人材募集の張り紙が目に入ったのです。智子が看護師を目指していることも、どこか頭にあったのかもしれません。ダメもとで飛び込んだ結果、運よく採用になり、三か月の研修を経て、渡辺さんが初めての利用者さんでした。まだ生活援助業務しかできませんが、資格を取ってもっと利用者さんのお役に立ちたいとも考えています。

こんな私にも責務があります。

愛娘の智子の将来を守ることと、北海道浦河《うらかわ》にある養老牧場の運営です。私はこの歳になって初めて生き甲斐と言うものを見つけました。年に一度は浦河に訪れています。智子がまだ四歳のころ、親子旅行をした思い出の牧場も浦河にあります。

競走成績が悪く引退した競走馬たちの養老牧場の応援をしたいのです。馬と接しニンジンやりんごをやったり、放牧地の牧草を刈ってやることで、今の僕は心が洗われます。妻と娘に対しての罪ほろぼしかもしれません。人生をやり直したいのです。長くなりましたがこれですべてです」

「そうですか」

渡辺は腕を組み、静かに目を閉じた。渡辺の眼がしらにキラッと光るものが映った。

「そうですか。運命のいたずらとしては酷ですね。関君の個人的な話を聞いたら私も話しておかねば失礼になりますね」

渡辺は静かに目を開いた。テーブルの冷めたお茶を一息に飲み干した。

「実は私もいろいろありましてね」

渡辺昇平は不注意で自宅の階段から転げ落ち、頸椎《けいつい》損傷で半身不随になってしまった。

「私は外務省のキャリア官僚だったのです。海外大使館勤務の経験もあり、事故で退官する寸前は事務次官候補ナンバーワンでした。私はトップを目指すために上司や外務族議員にも下僕のごとく従い、時には理不尽な事案でも黙って仕えたのです。しかし私が事故でこのような身体になったとたん一人の政治家を除いて……」

渡辺が険しい表情になり話をやめた。

「どうされました」

関はすぐに察知した。血を吐くように、渡辺は言葉を絞りだした。

「関君が私のところに初めて来たころ、私は自暴自棄になり、何もする気が起きなかった。そして、人と接することが面倒で健常者に八つ当たりしていたのです」

「どうしてですか」

関が尋ねた。

「簡単なことです。健常者は何のありがたみも感じず、好き勝手な行動をしている」

「分かります。私もこの業界に入って初めて……」

「だから私は君に対し会話を交わすこともなく、君が話しかけても無視しました。しかし、君は文句ひとつ言わず、トイレ掃除や布団干しなど、微笑みながら作業してくれました」

当時を思い浮かべているのか、渡辺は目を閉じた。

ある時期から、関が訪問するたびに昔の海外大使館時代の話を数多く聞かされるようになっていた。

「私は外務省時代にやり残した仕事があります。若いころザイール、今のコンゴ民主共和国に赴任していたのです。生活貧窮で目のまえで死んでいく子供や、貧困から生じる犯罪などを目のあたりにしたのです。日本の国はODAと称して援助するが、その国民は一向に裕福にならない。次官になって制度改革をしようと燃えていました。しかし、私の不注意で事故に遭い、道半ばで……。私が事故に遭ったときも変わらず心配してくれた政治家が今でも連絡をくれます。その政治家は今では党の要職についており政治改革に積極的でね。その政治家を応援したい。彼は将来、この日本を変えてくれます。そして君となら、私の個人的な夢にもう一度挑戦できると思ったのです。資金を貯め、政治家、アフリカ諸国の国民のために尽くそうと思うのです」

「資金と言いますと？」

「アフリカには資源が豊富です。しかし先進国にいいように搾取されています。コバルト、ニッケル、マンガン、金、銅、ダイヤモンドなどです」

コンゴの話題にもどると渡辺の目が潤み始めた。

「どうかされました？」

「私の話はこれくらいにしておきましょう」

渡辺の表情が引き締まった。

「私の心は変わりません。関君、よろしく頼みます」

渡辺の右手が関の前に差し出された。肉厚の温もりのある手だった。関は渡辺の手を両手で包み込み強く握り返した。

「よろしくお願いします」

決意のこもった口調であった。関はすでに渡辺の経歴を調べていた。

エリート官僚はほとんどが東大卒であったが渡辺は一ツ橋大卒。学生時代オーストラリア留学を経験し、外務省入省。総務課長、人事課長などを経て川井外務大臣秘書官、森下総理大臣秘書官等を経たエリートコースを辿《たど》り、各界にも強いコネクションがあった。そのコネクションは、おそらく大臣秘書官、総理秘書官時代にできたのだと関は推測していた。

話が終わった。

「関君！　缶ビールで乾杯しよう」

「はい」

関は奥の冷蔵庫から缶ビール二本を持ってきた。

「私は二年半、君を観察していました。君は新聞記者というキャリアを捨て、この世界に入ってきた。私は半信半疑で見ていました。しかし君の仕事ぶりは私の想像以上でした。過去の介護士以上に親身に心のこもったケアをしてくれていました。私は君を信じることに確信を持ち、ウガンダに行ってもらったのです」

「見事に期待を裏切りました」

「いいえ。私の責任です」

「いいえ！　私の甘さです」

事実、関は現地でチェックミスをおかしていた。

「今日は新しいスタートです。缶ビールを、もう一本お願いします」

渡辺の眼のふちが少し赤みを帯びていた。

第三章　転機・再挑戦

渡辺から「関君、私と一緒にやりませんか？」と乞われ、一か月が過ぎた。関は渡辺の住まいの近くにワンルームマンションを借り、毎日顔を出していた。

「関君！　明日の夜は予定がありますか？」

「いいえ、何も」

「では、一緒に飯を食いましょう」

久しぶりだった。

翌日、食事の席には意外な顔があった。

「関君。君には言わなかったですが、彼にも同席してもらった」

関の表情がこわばった。サントスは何の責任も取らず、ウガンダから帰国後も、彼女と別れたと告げただけで、他に連絡はなかった。

「関さんお久しぶりです」

「…………」

関は顔も見ず無視した。テーブルの缶ビールを一気に半分ほど飲んだ。

「関君、今日改めて君に相談がしたかったのです」

関には予想できた。

「先日の経験を生かすのか、それとも止《や》めるのかです。サントス君、君はどう思いますか？」

テーブルには出前の寿司とピザが、数人分並んでいる。

「私は失敗しましたが、良い経験をさせてもらいました。もし許されるなら再挑戦してみたいです。しかし、再挑戦するなら、ブローカーから買うのではなく、鉱山に出向き、直接買うか、自分で鉱山の採掘権を取得して、採掘するべきではと思います」

「そんなことできるのか？　それと金取り扱いライセンスは？」

サントスの砂金という言葉が、数か月前の苦い思いを呼び起こした。

「今、私の友人が砂金を持っているのですが、見てもらえませんか」

「なに！　また、ややこしい話と違うのか？」

関は渡辺の手前、冷静に尋ねた。

「もうすぐ友人がここにやってきます。まず渡辺さんと一緒に話を聞いてください」

ちょうど、四時になった。渡辺の自宅のリビングに背丈が一七〇センチくらいの小太りの黒人がやってきた。満面の愛想笑いを浮かべ渡辺と関の機嫌をとろうとしている。

「この人は友人のソロモンといいます」

「初めまして、ソロモンです」

サントスが紹介した男の日本語はたどたどしい。

ソロモンは小鼻が大きく開いた風貌で、真っ白なワイシャツの上に茶色を基調としたチェック柄のカシミヤジャケットを着こなし、小金を持っていそうな雰囲気を醸《かも》し出していた。

関は応接で立ったまま二人と相対し、眼光鋭く観察していた。

「彼の国籍はナイジェリアで日本に住み約八年、日本人妻と子供が三人おり、中古車販売会社とレストランを経営して頑張っています」

サントスがソロモンの経歴を簡単に紹介した。

「まあ座り」

ソファに座ると腹のでっぱりで、閉めていた上着のボタンが弾けそうになっている。

「君！　ボタンをはずせよ。苦しそうやないか」

「有難うございます」

ソロモンは上着のボタンを外すと大きく息を吐いた。鼻の穴を大きく開き、関に愛想笑いを浮かべている。二人に渡辺がビールをわざわざ運んできた。

「別に客でもないのに」

関は、二人に聞こえよがしに呟いた。二人は顔色一つ変えず出されたビールを同時に口元に運んだ。

「寒いのに。冷たくないのか？」

関が不愛想な言葉でサントスに嫌みを言った。

「私はコーヒーをいただきます。渡辺さんは？」

「お願いします」

彼らが訪ねてきて雑談などで三〇分が過ぎようとしていた。

「見てもらいたいものがあるのですが」

ソロモンがビール缶をテーブルに置き、カバンから無造作に手のひらサイズのビンを取り出した。

テーブルに置かれたビンは透明で、中から黄金の輝きを放っていた。

「開けていいですか？」

ソロモンは鼻の穴をピクピクさせ、固く閉めてあった蓋を開け、紙の上に中身の一部をさっと載せた。取り出された砂は黄金色に輝いている。

「砂金です」

なおも鼻の穴がピクピク動く。目の前に砂金が置かれているのだ。

（今度は絶対騙されんぞ！）

と心で呟き砂金の入ったビン詰めを手にとった。

「これって本物か？」

「もちろん」

「プライスは？」

「サンプルなのでキロ三八〇万円くらいです」

ソロモンの鼻がまた大きく開いた。

「アホか。何でそんな高いんや。今、グラム三三〇〇円くらいや」

関は日経新聞を取りに行き、金相場を確認した。間違いなかった。

「おい！　そんな高かったら商売にならんがな」

「サンプルだから高いのです。現地に行けばもっと安いです」

「ナンボや」

「キロ二万ドルです」

関のコンピューターが計算を始めた。

(今一ドル九〇円やさかい一八〇万か)

「まあええやろ。問題は、これが本物かどうかや」

「間違いないです」

所有者のソロモンが片言の日本語で答えた。渡辺は終始会話を聞いているだけである。関のビジネスマンとしての資質を試しているようだ。

「あのな。いくら口で本物や言うても僕は信じへん。僕の知り合いの宝石商で検査してから考えるわ」

「結構です」

自信満々にソロモンが即答した。関はポケットから携帯を取り出すと、知人の宝石商に電話をした。

「もしもし小川《おがわ》さん！　実は今砂金を持っているのやが、これを検査してほしいんやけど。もし本物だったらインゴットにしてもらいたいのや。よろしゅう頼むわ」

『砂金？』

「そう。詳しいことは会って話すさかい。明日にでも……都合はええかな」

『分かりました。それじゃ担当者も呼んでおきますので一時にでも』

「分かった」

会話が終わると関は携帯をポケットに戻し、飲みかけのコーヒーを一口すすった。

「と言うことやからな」

そして二人に説明した。

「今回の検査料とインゴットにする製造費はちゃんと払ってくれよ。それと手数料として金塊になった総グラム数の三パーセントをもらうけどいいかな」

サントスが英語でソロモンに詳しく説明を始めた。

「OKです」

ソロモンの了解を得て関に返答した。

「後々、もめたくないから約束事を文章にするから」

「イエッサー」

「二人ともサインをしてくれ」

関は彼らが帰った後、念書を渡辺に渡し、目の前から先ほど電話した知り合いの宝石商・Jフォンド社の小川副社長に電話した。

「もしもし関です。先ほどはゴメン。詳しいことが言えなくて。実はアフリカから持ち帰った砂金があるのだけど、インゴットにしてもらえないかな」

『何キロあるの?』

「一キロやけど」

『じゃあ会社に持ってきて』

「分かった。明日の一時過ぎに行くのでよろしく」

「渡辺さん。ということなのでまた報告します」

翌日、銀座の宝石商・jフォンド本社に着いた。受付で名前を名乗ると、すぐに応接室に案内された。関がソファに座ると、間髪容れずに小川がにやにや笑いながら入ってきた。

「お久しぶりですね。今回は面白そうな話ですね。本当に砂金があるなんて信じられませんね」

「なんでよ」

「以前からこの手の話はよく聞いていたのですが、実際に見たことなかったし、持ち込まれたこともなかったですし」

「へえ！　そうなんや」

小川と同席した担当者の目の色が変わった。持ってきた砂金が入ったガラス瓶を持ち上げ、ジロジロと観察している。

「この砂金は本物みたいです」

「僕は素人やけど間違いないと思うよ」

「もしこの砂金が検査結果の末、本物だった場合インゴットにするのに、三週間ほどかかりますが」

「問題ないです。よろしくお願いします」

(そうか。過去に騙されはしたが、これが本物だったら取り返せるな！)

「小川さん。何かあったらいつでも連絡ください。私は二四時間いつでもＯＫですから」

期待に胸を膨らませ、銀座の町並みを歩く足取りはいつもより軽かった。

事務所に着いた。渡辺に報告を済ませソロモンとサントスに連絡。

「本物であることは間違いない。しかし三〜四週間かかるから、ビジネスの話はそれからや」

『全く問題ありません』

関は楽しみにその日がくるのを心待ちにした。一夜明けた朝だった。

『もしもし関さんですか？　ｊフォンド社の者です。昨日お預かりした砂金ですが、検査機で、すぐに調べてみたのですが、どうやら三割くらいの含有量みたいです』

「ホンマかいな」

『この砂金をインゴットにしたら精錬代が数万円かかりますが！』

想像より少ないのに関は落胆した。

『でも全くの偽物ではないですよ。少なくても間違いなく金は含まれていましたからね』

「それもそうですね」

『よろしかったら、先に塊にして、それぞれの金属の含有量を測ってみましょうか。その後、インゴットにしても遅くはないと思いますが』

「そうですね」

気を取り直し声に元気が出ていた。

(確かにそうや。一キロの三分の一いうたら三〇〇グラムくらいや。今回は金があるかないかが問題でインゴットにするかしないかが問題ではないのや)

電話を切った後、すぐに関は連中に電話した。

「おい君たちの砂金やけど、含有率が三分の一らしいぞ。とりあえずインゴットにせず、何の金属か、それぞれの塊にして、分別した金属の含有率を検査してもらうからな」

『いいですよ』

自信があるのか、連中もやっぱり！　という覚悟をしていたのか、驚きもしなかった。

渡辺にも同様の報告をした。

一か月が過ぎ、四人は渡辺の事務所に集まった。テーブルの上にはきらきら光るものが置いてある。

「ソロモンが持ってきた砂金をインゴットにしたものです」

五〇〇グラムが一個、一〇〇グラムが三個、五〇グラムが一個、一〇グラムが四個と、銀の小さなインゴットが数個、そして銅の同じく小さなインゴットが数個並んでいた。

「一キロから八九〇グラム、金の含有率が八九パーセントになりました」

渡辺が一番大きなインゴットを手に持った。

「重い！　やはり本物は違いますね」

「jフォンドの話ですと砂金には金、銀、銅が含まれ少量の鉛があったそうです」

渡辺はそっと手に持ったインゴットをテーブルに戻した。

「分かりました。やりましょう」

すでに関から報告を聞いていた渡辺の心は決まっていた。

「ところでもう一つ話があるのですが」

ソロモンが話し出した。

「何ですか」

「実はコンゴ民では大きな木材が採れるのです」

いよいよキンシャサへ

コンゴ民、すなわちコンゴ民主共和国は公用語がフランス語で一九六〇年にベルギーから独立、コンゴ民主共和国東部地域は、歴史的な部族対立、天然資源を巡る武装勢力の対立、周辺国の介入等で、一九九〇年代初めより不安定な情勢が継続してきた。

キンシャサという首都は、日本で言う東京と京都を合わせた、過去現代の文化と政治の中心地だ。〝京に上る〟という感覚である。この国の統治は、この都市を手中に収めなければ、真の支配とは言えない。ソロモンが渡辺と関に持ちかけたビジネスストーリーとは、

「コンゴ民主共和国は、木材や砂金、ダイヤモンドなどの鉱山資源が多く採れます。せっかくやるなら大きな木材も採れるので、その売却資金で砂金鉱山を買えば、少額資金の投資でカネが儲かります」

前回聞いた話と同じでブレがなかった。

「ウガンダで損した分を取り返せますすよ」

サントスも進言した。

成田からパリまで約一二〜一三時間。三時間ほどのトランジットを終え、疲れたまま乗り継ぎ、キンシャサまでさらに八時間の飛行機旅だ。

関はエールフランス航空の機内で体をもてあましていた。だが、着陸したとたん長旅の疲れが吹き飛んでしまった。機内から颯爽《さっそう》とタラップを降り地面で立ち止まった。

「快晴や。僕を歓迎してくれとんのや」

地面から熱気が舞い上がってきた。湿気がなく乾燥したアフリカの空気に関の全身が包み込まれた。

「ウガンダとは違うぞ」

熱いものが込み上げてきた。

「地図でしか知らなかった未知の国コンゴ民主共和国の大地に僕は今、現実に立っているのだ。心新たにアフリカビジネスの再出発の第一歩や」

関は大きく息を吸い込み一気に吐いた。周囲を見渡した。広大な敷地の空港に比べポツンと小さな古ぼけた二階建ての空港施設が建っている。近づくと施設の壁が所々ひび割れしており、中は薄暗く、関の感動は一挙に醒《さ》めてしまった。入国はパスポートを入国審査で提出すると、何の質問もなく通過でき、言葉のできない関はホッとした。

「ジャパニーズブランドのおかげか？」

空港から車で九〇分あまり、市内の宿泊先のインターコンチネンタルホテルに向かった。タクシーの窓から見る風景はウガンダと違い、国道の端を女性が大きな荷物を頭に載せて歩いている。何もかもが関にとって新鮮に映った。

「また、アフリカにやってきたのだ」

関は自分が黄色人種であることを意識したのは初めてである。日本にいるときは人種のことなど考えたこともなかった。ある種の感動を覚えた。

ホテルの周辺は高級住宅街で各国大使館が点在していた。そして目と鼻の先にはアフリカ第二位の長さを誇るコンゴ川が流れ、川向こうにはコンゴ共和国がある。

サントスがフロントでルームチャージの交渉をした。

「関さん。スイートルームと一部屋料金ですが前金で一か月六〇〇〇ドルです」

「なんでスイートがいるのや」

「みんなで会議するときにいるのでは」

「わかった」

関は彼らの言いなりになっていた。

時差ボケもなくなり二日目の朝がやってきた。

「明日九時にボア（木材）の採れる山林を視察に行きます」

前日、サントスの言葉である。

関を中心にサントス、案内人、ソロモン、そしてウガンダからやってきたソロモンのビジネスパートナーのムスス、レジソンの二人を含めた計六人のクルーがホテルのロビーで打ち合わせも兼ね朝の八時に集合した。スタート予定時間の九時になった。

「おい！　もう九時半やないか」

肝心の車がやってこないのだ。

「おい。九時で間違いないのか？」

サントスは、何度も腕時計を覗くだけで関の問いかけには無反応である。一時間、二時間と、時間ばかりが過ぎていった。ソロモンがその運転手に何度も電話を入れるが、連絡が取れず、ホテルの玄関とロビーの間を、何度も行き来している。

「どうなっているのや！　この腐れチンポ！」

関の罵声がロビー内に轟《とどろ》くが、言葉の意味が分からないロビー客たちは無反応で行き来している。関の苛立ちは、唯一日本語の分かるサントスとソロモンにぶつけられた。

「誰が段取りしたのや！　これってアフリカンタイムか」

なおも、時間は刻々と過ぎていった。関が腕時計を覗くと、ちょうど二つの針が一二時に重なっていた。数百メートル先から玄関めがけて迫ってくる車があった。その車は猛スピードで迫ると、関の前でキキーッと大きなブレーキ音を響かせ急停車した。運転席のドアが開き小柄な男が白い歯を覗かせながら出てきた。サントスがその男を呼び寄せ血相を変え大きな声で罵声を浴びせた。

関も怒りが収まらず男を睨み付けた。

「この腐れチンポ！　のボケ野郎！　おのれ、何時やと思っとんじゃ」

運転手に向かって日本語で叫んだ。しかし、運転手は何食わぬ顔でみんなに手振り身振りで水と食料を積ませ「早く、早く車に」と言うと、さっさと運転席に乗り込んでしまった。

関は特等席の助手席に乗り込むと、なおも運転手を睨み付けた。

出発は大幅に遅れ一二時半となってしまった。

ホテルを出て市内の所々穴のあいた凸凹道のアスファルト道路を二時間ほど郊外に走ると車は脇道に入っていった。道幅こそ大型トラックが悠々と走れる三メートルほどの幅だが、舗装がされておらず、土道が二本のレールのように続いている。しかも、レールの間は雑草がたっぷり四〇センチほどの高さまで生い茂っているのだ。

そんな荒れた道を運転手は時間を取り戻そうと猛スピードで走って行く。同乗者は尻を打ったり頭を天井にぶつけたりしているが慣れているのか誰も文句を言う者はおらず楽しそうに雑談して時には笑い声が聞こえた。

スピードメーターを横目で見ると八〇キロを指していた。車窓からの景色は関の心とは裏腹に雲ひとつない青い空。見渡す限り壮大な大地に自然の草原の絨毯《じゅうたん》が敷かれ、はるか彼方には映画のシーンのように美しい地平線が視界にはいってくる。出発して四時間ほど経った。だが森林らしき景色は一向に見当たらない。

「おい！　サントス。まだ着かんのか？」

出発する前の予定では四時間くらいで現地に着くという話だった。

「ｘｘｘｘｘｘｘ……」

運転手にソロモンがフランス語で尋ねた。

「もう少しで着くらしいです」

さらに一時間ほど走るが、景色は草原ばかり。森林らしき場所は一向に見当たらない。

「オイまだか」

語気が荒くなった。太陽はすでに沈みかけて地平線の数メートル上に位置している。

「ｘｘｘｘ」

「もう着くそうです」

「どこに着くんや。それらしき森林なんてないやないか。こら！　また、嘘か！」

辺りはうっすらと暗く太陽も沈む寸前である。

「アフリカといえども太陽は日本と同じように沈んでいくんやなあ」

と変に感動する関である。しかし、そんな余裕も消え去った。陽は完全に沈み夜の一〇時過ぎになってもまだ走り続けていた。クルー全員の腹は減り体の節々が痛み限界だった。

「おい！　どうしたんや？　着いたのか？」

真っ暗闇の中で急に停車した。運転手が質問にも答えずドアを開け、外に飛び出したのである。ラジエーターから水が漏れエンジンがオーバーヒートしていた。

「走行中に道路に生えていた草が車のフロント部分に巻き込まれ、ラジエーターが詰まってしまったみたいです」

車外は静寂でシーンとしている。大空に星だけがひと際綺麗《きれい》に輝いているがその光は真っ暗闇には及ばない。車の周囲は数メートル先でさえ全く見えない。

「あ〜あ。僕の運命もここで尽きるのか」

関の精神状態が怒りから不安に変わった瞬間だ。見渡す限り草原、日本では想像のつかない暗闇である。灯りらしき灯りは皆無。自然の中に取り残された状態が数時間続いた。すでに時刻は真夜中の二時を過ぎていた。

「今夜はこの道端で野宿をすることになります」

「ここでか？」

関の言葉には力がなかった。大男集団が一台の狭い車中で眠るという、リンチに遭うことになってしまった。彼らの体臭が関の目と鼻に沁みてきたが空腹と疲労で動く気力も失せてしまっている。

三〇分も過ぎると車内は蒸し風呂状態となってしまった。関が窓を開けようとした。

「ノン、ノン」

レジソンが窓を開けるなと手を横に振っている。

「なんや？」

サントスが関に通訳した。

「外は蚊が多く、刺されますとマラリアになりますから開けないでください、と言っています」

これには関も従う以外なかった。

「このままでは事態の解決にならんがな」

「案内人が近くの村に助けを求めに行きました」

「蚊に刺されないのか？」

「大丈夫です。地元民ですから」

(所詮他人や)

疲れのせいか車内で全員が寝てしまった。

「トントン」

窓を叩く音がした。関の目が醒めた。すでに外は薄明るくなっている。

数人の男が車を取り囲んでいた。助けを呼びに行った案内人も男たちの中に交じっており、関にミネラルウォーターを笑顔で手渡した。

「サンキュー」

この時ばかりは関も昨日までの不満は忘れ、安堵の気持ちで唇も緩み、与えられたミネラルウォーターを一気にボトルの半分ほど飲み干した。

「食い物はないのか？」

と手まねで案内人に尋ね、案内人の体を隅々までチェックしたが食い物らしきものは何もなかった。

「別の車に乗り換えろ」

と運転手が叫んでいた。三〇分ほど走ると、人家が関の目に入ってきた。その部落は十数軒の藁葺《わらぶき》の家が建っており、十数メートルの高さの木々が周囲を囲んでいた。サントスが口にトウモロコシをくわえ関のそばにやってきた。

「ここが目的の場所です」

「あほ！　どこに森林があるのや」

「こっちです」

周囲を歩き回るが、それらしき木々は皆無で草原のみであった。

「どうなってるのや」

「大丈夫です」

関は前日の恐怖がまだ頭に残っていた。

「ここです」

そこには木々は多くなく、しかも幹の太さが大きいもので一メートルもなかったのである。言いかえれば森林のかけらもなかった。庭先に数本木が茂っているだけであった。

関は命が助かった嬉しさと安堵感でサントスに反論する気力も失せていた。

「サントス！　ところでキンシャサまでどうやって帰るのや？」

「今、乗ってきた車が私たちの車をここまで運んできますから」

「修理できるのか」

「はい」

安堵と同時に早くキンシャサに戻りたかった関はその場では追及しなかった。

再び一行は一日かけてキンシャサに戻った。

ウガンダに飛ぶ

「これ以上、ここ（キンシャサ）にいても仕方がない。この後どうするのや？」

「明日、ソロモンのパートナーのレジソンとムススの在住しているウガンダに行きます」

翌朝、五人は、キンシャサからウガンダへ。

「何が木材を売るや。どこに森林があった」

関は機内で声を抑えてサントスを詰問した。

「すいません。ソロモンも信用できませんね」

サントスは頭を下げ、関の目を見ようとしない。

「すいませんで、すむか。砂金の採掘所は、騙しやないいな」

「間違いありません。先日、ソロモンが渡辺さんの事務所に持参した砂金はムススとレジソンから手に入れたものです。彼らはウガンダ在住の人間で単純に採掘の共同スポンサーを探しているのです。ところで、今晩、気分転換にソロモンが女性を呼びますが、一緒に食事をしましょう」

「好きにしい」


三人の若い女性がレストランにやってきた。

「私の妻です」

「妻？　どういうこと」

ソロモンが一人の女性を指さし紹介した。

「ミスター関さんです」

言葉の分からない関は、年齢差もあり浮いてしまっていた。連中は完全に仕事を忘れていた。

四人は時にはキャッキャと歓声をあげ遊びムード。

「先に部屋に戻るから」

「OKです。明日は早朝からミーティングですので」

（僕は何のためにここに来たんや）

翌朝六時、コーヒーショップにはすでに全員が集まりコーヒーを飲んでいた。関も空いていた席に座った。

「やっぱり本場のコーヒーはうまいな」

「ミスター関！　ユーのポジションは投資家ですか？　砂金のバイヤー？」

レジソンが尋ねた。サントスによると、レジソンは投資家として、関の立場をはっきりさせたかったようだ。

「その前に尋ねたいことがある。キンシャサでの木材の件や」

「申し訳ありません。その件は後で私が説明します」

ソロモンがさえぎった。

「わかった。質問に答えよう。僕が今回こちらに来たのは――」

「関さん。私が説明します」

サントスとソロモンが揃って関の言葉を遮《さえぎ》った。

「ミスター・レジソン！　多くの投資家を入れると意見衝突でもめるでしょう」

表向きは筋が通っていたが関は鵜《う》呑《の》みにはしていなかった。

（本音は自分たちの分け前が減るからやろ）

レジソンは納得した。

「予定どおり一〇時に出発します。玄関前に集合してください」

サントスが関に伝えた。レジソンは自分のランクルの運転席に乗り込んだ。助手席に関。後部座席にはムスス、サントス、そしてソロモン。

「今からソロモンがレジソンと共同で投資している砂金採掘所に向かいます」

「カンパラ市内は日本の交通渋滞よりひどいな」

出発して六時間は走っただろうか、すでにあたりは薄暗くなってきた。

「まだ着かんのか？」

「ウガンダとコンゴの国境まで三時間です。もう日が暮れていますので、今日はこの村で泊まります」

「まだ夕方の五時前やのに早いのでは」

「いいえ。この先にはホテルがないのです。今日は早めに寝て明日早く出発します」

ウガンダに住むレジソンが、運転を替わったムススにホテルへの道を伝えた。宿泊のホテルは予約なしに飛び込みだった。サントスがフロントに行き各自の部屋のキーを持ってきた。

「疲れた」

まだ夕方といっても、休憩なしで七時間ほど悪路を車に揺られっぱなしだった。

「各自、荷物を部屋に置いたら食事をしよう」

関が全員をホールへ誘った。そこは喫茶レストランと思える古い四人掛けのテーブルが七〜八セット配置され、隅に簡素なドリンクバーのカウンターがあるだけだった。

関とサントス、ソロモンが席に着いた。

「彼らは？」

「運転で疲れたので、明日のこともあり早く寝ます、とのことです」

「そうか」

注文した小瓶の常温アフリカンビールが数本テーブルに置かれた。つまみは乾きものである。ビールグラスはない。

「まずい。生ぬるい。僕には合わん」

「関さん。この国では当たり前です。電気が貴重なのですよ」

干しバナナのスライスと冷めたチキンが紙の皿に山盛りに出された。全員空腹で一斉にチキンに集中した。

「うむ、うむ……」

サントスの目線が一方向を指し、何やら言葉にならないことを言い出した。暗くてよく分からないが、別テーブルに若い女が一人で座っている。しかも瓶ビールをラッパ飲みしているのだ。

「サントス！　どうせなら女っ気があるほうが楽しいやろ。誘ってこいや」

サントスに指示すると、すぐに娘に近寄った。

ソロモンに尋ねた。

「オイ。あの娘は何してるの。デートかな？」

「違うでしょう」

意味ありげな薄笑いを浮かべた。目線は別の方向に向いている。サントスがすぐに戻ってきた。

「駄目でした」

「何で」

「振られました」

「君！　あほか」

にやついていたソロモンがニュービールを片手に仇討ちに向かった。しかしあえなく撃沈だった。

「どうしてダメなんや」

「相手にしてくれません」

「関さんがトライしてみてくださいよ」

女性が一人、ホールにいるだけで三人の男は盛り上がった。しかもその女性は若くて美人。背も高く足の長さが関の胸までありそうだ。

「よし！　僕がトライしてきてやる」

英語も話せなかったが関は、この国では自分は外国人という長所（？）があると前向きだった。

「ハロー」

笑顔で会釈をした。

「ディス・マイ・プレゼント」

関は手提げカバンから愛用のカンタン酢を出し、テーブルの前においた。期待はしていなかった。

「ハロー」

歯並びの綺麗な笑顔が返ってきた。関は二人に向かって親指を立て、人差し指を自分の顔に向け、続いて女性のテーブルの椅子を指さした。

「OK？」

女性のテーブルに腰かけることに成功した。だが、座ったものの次の言葉が出てこない。身振り手振りで何とかコミュニケーションをとろうとしている。

「ビア・プリーズ」

「サンキュー」

目の前で見ると眼が大きく高い鼻、それでいて歯並びの良い白い歯が場末のホールに輝いている。関の勧めたビールを女性は快く受け取った。

「お〜い」

先発隊の二人を呼び寄せた。

「これはカンタン酢といって日本の調味料で酸っぱいですが体にとてもよいのですよ」

サントスが関に言われ通訳する。

「栓を開けて少し味わってください」

彼女は不慣れな手つきで一滴手のひらに。

「オー！」

透き通った青い瞳が大きく開き驚きの表情を浮かべる。

「愛らしいな！」

関が呟く。

「サントス、チキンを注文して」

料理は数分で運ばれてきた。

「ワンモア・トライ！」

関はチキンの上にカンタン酢を数滴落とす。

「プリーズ」

手振りで彼女に勧めた。彼女は恐る恐るフォークでチキンを突き刺し歯並びのよい口に入れた。一口、二口嚙《か》み終えた。かたい表情が一変した。ビールを一気に半分ほど飲み干すとチキンの二切れ目にトライ。場が和んだところで関が尋ねた。

「あなたはここで彼を待っているの？」

関の口調は紳士的で優しかった。サントスたちは通訳のためにそばにいるだけである。

「いいえ。お姉さんを待っているのですが遅れています」

「ところであなたの住まいは？　ご両親は？」

「まるで入社試験の面接ですよ」

サントスが割り込んできた。しかし女性は素直に身の上話を始めた。

「私の父は愛人を作って四年前に母や私たちを捨て、家を出て行ったのです。しかし半年前にふっと自宅に戻ってきたのですが、父はエイズにかかっていたのです。今では母もエイズになって治療費を私と姉で稼いでいるのです」

「お姉さんは何の仕事をしているの？」

「入国管理事務所で働いています」

「お姉さんの顔が見たいですね」

女好きのソロモンが関に話しかけた。

「お前。不謹慎や」

さらに詳しく女性に尋ねた。

サントスは関の通訳に徹しソロモンは興味をなくしたのか席を離れていった。一時間ほど会話が続いたが、途中女性に電話がかかってくることはなかった。レストランに客は関たちだけである。

「本当に姉さんを待っているのですかね」

サントスの言葉は耳に入らなかった。

（あいつも、苦労しているかも。僕は妻の死に水もとれず娘に会わせる顔もなかった。この女性は両親のために治療費を……）

関は娘の智子を思い浮かべている。

「サントス！　この封筒を女性に渡してくれ」

「はい」

サントスが自分の携帯番号を書いたメモと封筒を女性に渡すのを確認した関は、複雑な思いで部屋に戻った。封筒には五〇〇米ドルが入っていた。

ウガンダからコンゴへ砂金鉱山への旅

翌朝、全員は四時に起きた。まだ陽は昇っておらず夜明け前の出発。ウガンダの街はずれは古びた建物が道路沿いに点在し、凸凹道《でこぼこみち》の連続だった。しかし、町を抜け国道から郊外に抜けると景色は一変した。道が素晴らしく整備されており、快適な旅へと変わった。しかも日本では味わえない景色が目に映った。すこぶる美しい大平原、遠くには広大な地平線が広がっている。数時間走っても景色は変わらず、ウガンダ国立公園の大草原を横切った。

「関さん！　観てみて。右のあの木の傍」

「何や。急に大声出して」

「サイです！　サイがいます」

ソロモンが指差す方向に目を向けるが、関の目は糖尿から来る白内障でよく見えない。

「関さん左の先を見てください。象がいますよ」

サントスが子供のような顔をしていた。今度は何とか関も、はっきり象の親子を見つけることができた。

「ここは自然動物公園です」

はしゃぐソロモンが叫んだ。

サントスが相槌《あいづち》を打つ。

車は自然のパノラマの世界を二五分であっという間に通り過ぎてしまった。国立自然公園を通り過ぎると、今度は数十メートルも幅のある川が見えてきた。

「おう。アフリカにもこんなきれいで大きな川が流れているんや」

「でもこの川は上流で動物の死骸や人間の糞を流していますから汚いですよ」

川の水量も多く、所々水流がぶつかり白い飛沫《しぶき》が飛び散っている。

「僕にはそういう風には見えんけどな」

まだまだ続くアスファルトの道のりだ。用意してきた弁当を食べ、ガソリンを給油しながら半日走り続けると、赤い夕焼けが空を覆い始めた。

「やっとコンゴの国境に着きましたよ」

ウガンダとコンゴの国境は道一つで繋がり、入国審査の建物同士は七〜八〇メートルの距離だ。ウガンダ側は近代的、コンゴ民は時代を感じさせる古めかしい木造建築である。関は日本でビザを取得していた。

「五〇ドル払ってください」

入国審査官がフランス語で告げた。

「ドンチュー・アンダースタンド」

（何言うてんの。さっさと入国させんか）

「マネー。マネー」

先に入国審査を終えたサントスが駆け足でそばにやってきた。

「何かトラブルですか？」

「分からん。こいつ判を押さんのや。ビザは取得してあるのに。何言うとん？」

サントスが審査官に尋ねた。

「訳が分からんカネなんて払えるか！」

と関は大声で抗議した。するとサントスが急に悲しそうな顔になった。

「どうしたん。腹でも痛いの？」

「私、恥ずかしい」

「何で」

「同じコンゴ人でありながらこの人たち外国人に対して何でもおカネと言う」

「ビザは問題ないのやろ」

「個人の懐に入るのではなく、コンゴに入国する時は必ず五〇ドルいるそうです」

「キンシャサでは徴収されなかった。ようは何のカネなん？」

再度聞き返した。

「この紙代です」

見せられたのはA四サイズの藁半紙。

「なんや？　二、三行しか質問がないがな」

書くことといえば、『どこから来て何日滞在？』ということのみである。

「えっこれが五〇ドル。馬鹿にして」

関は審査官に罵声を浴びせた。

「おい！　領収書を書け！」

審査官がネコババできないようサントスに通訳させた。

「ＯＫ」

審査官は顔色一つ変えず、慣れた手つきで領収書を差し出した。

「こいつら毎日こうやって稼ぐんや。ホンマ悪い奴や。ほんまにコンゴ政府の収入になるのか疑問や」

カネを払い終わると「次からは払わなくていい」と審査官に告げられた。

「ボケ！　あたりまえや。ｘ〇ｘ！」

関は腹いせに日本語で破廉恥な言葉を大声で叫んだ。ウガンダ国境の近代的な赤レンガの建物からコンゴ国境の古びた木造建物まで徒歩で渡り終えた。レジソンはすでに車体の入国検査を終え、ランクルのそばで見知らぬ男と歓談していた。

「出国が早かったみたいやけど何で？」

「チップ。チップ！」

レジソンが微笑み、親指と人差し指の先を触れて丸くし、横の見知らぬ男を関に紹介した。

「この人はコンゴの顔役で議員をしています。あだ名はミニスターです」

ミニスターは派手な赤が入ったネクタイを締めスーツを着こなしている。身だしなみはよいが小男で迫力はなかった。メンバーが一人増え再び乗車。

急に車が揺れだした。道路がでこぼこの土道に変わり、一車線となっている。整備され、広く四車線の舗装されたウガンダの道とは変わり、道幅も狭く対向車がやっとすれ違える道である。それでも国道であった。

「景色が変わってしまったな」

遠目には、数軒の家々を緑が囲む集落が散らばっている。木々が所々に生え遠くには緑の平原が見え、自然の中に人間が溶け込んでいる感じがしていた。

細い山道を登り下り、平坦な村道を五〇分ほど走った。当然信号など一つもない。

「どこに行くんや。まさかこんな場所に砂金があるのではないやろ」

車が古めかしい建物の駐車場に入っていった。

「なんか挨拶に行くみたいです」

「どこへ？」

「ここは庁舎みたいです」

入口で小銃を持った兵隊二人に全員ボディーチェックを受けた。関たち一行が建物の奥の部屋に入った。すると、大男が机にふんぞり返っていた。歳の頃は六〇を少し超えた初老で、大きく突き出た腹でワイシャツのボタンが今にもはじけそうになっている。ミニスターの顔を見るなり笑みを浮かべ近づいてきた。

「よくお越しになりました」

「この人は日本からコンゴにやってきたビジネスマンです」

「ハウ・ドゥー・ユー・ドゥー」

ミニスターに紹介された関は笑いたくもなかったが笑顔を見せ、手を差し出した。

「ようこそコンゴへ。歓迎します」

「センキュー・ベリーマッチ」

「この人物は村長です」

「だから偉ぶっていたのか」

同席の秘書らしき男も同じように「ウエルカム」と言うとミニスターの袖を摑み部屋の片隅に引っ張った。ミニスターはポケットから数枚の紙幣を取り出し慣れた手つきで、その男の手のひらで包み込んだ。

「サンキュー、サンキュー」

まるで動物園の檻に入った動物が餌をもらっているような光景だ。

「こいつら、どいつもこいつも人の顔を見たらすぐにカネ、カネと言いよる。ここはせびる国か！」

と関は腹が立ってきた。

「サントス！　連中って愛想ええけど実は腹の中では僕らがカネに見えとるのと違うか」

関は興奮すると小便が近くなる習性があった。

「トイレはどこ？」

「外です」

「なんや、建物の中にはないのか？」

しぶしぶ建物の外に出て便所小屋のドアを開けた瞬間だった。どぎついアンモニア臭が関の目に突き刺さってきた。

「わ〜。この匂いはなんや」

関の身体全体を包み込んだ。しかし生理現象には勝てず、息を止め、三〇センチ角の穴の四隅をブロックで囲んであるだけのクソつぼに向かって小便を発射。上手く穴に入り込まず横に噴射してしまった。

「まずい」

だが、この臭さと汚さに、良心の呵責《かしゃく》どころか、汚しておかないと申し訳ないというような変な気持になっていた。悪臭から解放され、みんなが待っている車へと向かった。

「まだ匂うで。ほんましつこい臭さや！」

吐き捨てるようにつぶやいた。

目的地のブニャンまで一〇〇キロ、国境から六〇〇キロの道程だ。道中、村々の出入口には必ずゲートがあり数人の武装した男たちが来訪者のチェックをする。そのたびに車は止まりミニスターが係官と会話をしている。しつこいチップ目当ての男にはポケットから紙幣を出し手渡している。日本ではありえない光景だ。

「すべてカネ次第なんや」

「本当ですね」

「他人事のようやけど。君も同じコンゴ人やろ」

「目的の採掘地への到着が夜になります。今日は全員、近くのホテルに泊まります」

太陽の沈むのが早く、あっという間に真っ暗闇になってしまった。道路には街灯もなく人工の光は皆無である。

「まだホテルが見つからんの？」

一時間が経過、一軒目も二軒目も満員でアウト。ようやく真っ暗闇の先にラブホテル風の派手なネオンサインが目に飛び込んできた。

「大丈夫みたいです」

関にも一部屋が与えられた。

「部屋はどこや。真っ暗でドアもわからんがな」

建物の中は全く光がなかった。関は手探りで何とかドアのノブに手が触れた。部屋にも明かりのスイッチはなかった。というより真っ暗で何がどこに何があるのか分からないのだ。

「ベッドはどこや」

関はすり足で部屋を探った。

「臭い」

ベッドが見つかり毛布が一枚。毛布をめくると前客の汗臭さと体臭だろう、異臭が鼻を襲う。深夜にトイレに行こうと目が覚めた。部屋は真っ暗闇。廊下にも灯がなく一寸先も見えない。

「こんな経験は初めてや。さすがアフリカや」

変な感動を覚えたが生理現象には勝てなかった。

「こんな真っ暗だったら仕方がないな」

自分に言い聞かせた関は部屋の壁に溜まった小便を発射。幼いころの寝小便が思い起こされた。

「あ〜気持ちええな。すっとした」

朝方、寒さで目が覚めた。肌寒く長袖のシャツがなければ風邪をひきそうであった。ホテルの中庭から雀の鳴き声がのどかに聞こえている。

「チッチッチ」

(鳴き声は万国共通なんや。不思議な気がする)

各部屋から全員が起き出しウガンダに住んでいるムスス、レジソン、ミニスターの三人が洗面所で、洗顔に関と同じ貴重なミネラルウォーターを使用している。

「グッドモーニング」

中庭で深呼吸しながら散歩している関にサントスが近寄ってきた。

「朝食は?」

「食いもんはあるの?」

「目玉焼きとパンがあります」

二人が食堂に行くとすでにみんなが食事をとっていた。到着時は真っ暗でホテルの全容がわからなかったが、日本でいうラブホテルに喫茶店が付いているイメージだ。

「採掘地へは、ここから一時間ちょっとで着きます」

「そうか。やっとやな」

安心した関は食パンを一口、口に入れた。

「この食パンって何日前の。味も水分も何もないがな。まるで味のない乾パンや」

口に含んだのを吐き出し、マイ調味料のカンタン酢を目玉焼きに数滴かけ自分好みの味に。インスタントコーヒーを一口飲み込み目玉焼きだけを食した。

「マイ・カンタン酢を持ってきてよかったわ」

「では出発しましょう」

サントスに促されムススが運転席に。車は小さな町を通り抜け郊外へと向かった。前日は夜で景色が全く分からなかったが、幹線道路が街の中心部を貫き、その道路わきに店舗兼用の建物が並んでいる。町と言っても入口から出口まで距離にして四〜五キロくらいである。

「おい、アフリカの田舎町ってアメリカ映画の西部劇に出てくる街と一緒やな」

「そうですね。コンゴの郊外ってこういう細長い町が多いです」

七〜八分で街中を抜け、郊外へ向かう。ホテルを出発して乗り込んだ車内は暖かく、寝不足の関はついうとうとしてしまった。何度か揺られて頭を窓にぶつけたが、またすぐに寝入ってしまったようだ。

「関さん！　着いたみたいですよ」

車外を見ると景色が一変していた。

「やっと着いたか」

車が田舎道の十字路にさしかかると、五〇代半ばの小男が単車の横に立っていた。

「誰？」

「道案内人です。ミニスターが連絡していたようです」

ミニスターが窓越しから小男に言葉をかけた。小男は無表情で単車にまたがった。

小男が先導し村の中心地をすり抜け人里離れ背丈ほどある草原の中に突き進んでいった。

「大丈夫か？　全く前が見えんけど」

案内人は速度を落とし時々バックの車を確認している。

「大丈夫です。でも一歩間違えば山林とは違いますが富士の樹海ですね」

「物騒なこと言うな」

車がやっと一台通れる道なき草原の中を走り続けた。

道の両端は背丈以上の草が生い茂り視界は草のみ。その悪路を四〇分ほど走り続けた。

視界が急に青々とした空に変わり道路に出た。

「着きましたね」

しかし小道の道路が左右に延びているだけで道路を挟んだ両サイドは全て背丈以上の草原地帯である。

「彼らは誰？」

草原の傍で自動小銃を肩からぶら下げている二人の民兵が立っている。関たちの車を見つけるとタバコを口にくわえた男が小銃の銃口を関たちの車に向けた。

「おい。大丈夫か？　まさか……」

「分かりません」

「あほ」

関がドアを開け外に出ようとした。

「ノー」

レジソンが関の腕を摑み、首を横に振った。そしてミニスターとレジソンが車を降り民兵と話し始めた。しかし、外の民兵を含んだ四人は眉をしかめ挙句には銃口をレジソンに向けた。

「おい。トラブルか」

「わかりません」

サントスの顔色がやや青ざめている。車内に残された関たちは静観するしかなかった。するとミニスターが先輩格の民兵を車の陰に呼び寄せた。五分もするとミニスターと先輩格の民兵が談笑して二人に合流。

「さっきと空気が変わったな」

ミニスターが先輩民兵にドル紙幣を数枚手渡したのだ。民兵は草原の先にある重要な場所への出入口を塞いでいたのだ。交渉が三〇分ほど続いたが、民兵が銃口を下ろし封鎖を解いた。

「もう大丈夫です。降りましょう」

「今度は歩きか？」

「そうです」

草原の中に一歩踏み込むと車中では分からなかった背丈以上ある草が、人がやっと一人通れる数十センチの土道を覆っている。一歩、道をそれると生きて草原から脱出できない恐怖を覚えた。縦一列に並び草をかき分け、ゆっくりと一歩一歩、足元を確かめながら進んでいく。

「おい。全く前が見えへん」

背丈の高い草は一人がかき分けても、すぐに容赦なく間に割り込んでくるのだ。

「サントス！」

「ここにいます」

「大丈夫か」

声をかけないとすぐに迷路にはまる。

「この草の太さは一センチ近くある。木の枝みたいで人間と自然の闘いやな」

「一歩間違えば生贄ですね。限りなく次々に襲ってきますからね」

「痛っ」

草の先が関の顔に跳ねた。勾配も徐々にきつくなってきた。

「くそっ」

声はすれど姿は全く見えない。案内人がいなければ間違いなく遭難するであろう。

「おい。まだ着かんのか？」

三〇分は歩いただろうか。関は息が上がってしまった。

「もう少しです。手を引っ張ってあげます」

サントスが優しく言葉を返し立ち止まった。

「もう少しですからゆっくり行きましょう」

二人は体中が汗にまみれている。

先頭のメンバーの足取りが変わった。暑さと汗で疲労困憊だろう。

「ちょっと休みましょう」

休憩を五分はさみ、息を整えゆっくり歩き続けていく。一時間近くは歩いただろう、前方が明るくなり草むらがなくなった。

「あのテントは？」

周辺を数人が往来している。

関とサントスがテント内を覗くと二〇〜三〇人の作業員が和やかに雑談している姿を確認した。輪の中心はレジソンたちで彼らはくつろぎペットボトルを口にしている。このキャンプ村には中年の飯炊き女が食事から洗濯まで世話をしているという。

「ここで少し休憩しましょう」

レジソンが関に声をかけてきた。

「どこに砂金があるの？」

関には休憩より砂金しか頭になかった。

「ここから二〇〇〜三〇〇メートル先です」

ソロモンが額から大粒の汗を滴らせ微笑んだ。

「ぼつぼつ出発しましょう」

「さっきの草原と全く違うな。天国と地獄や」

「そうですね」

通ってきた藪道《やぶみち》とは違い、人の手で整備された道が反対方向に延びている。穏やかな下り坂で膝の高さくらいの雑草が道の横に生えている。時刻は午前一〇時を過ぎ、季節はコンゴの初夏。日本の真夏に近い。遠目に見る景色は赤黄色した土地の地肌がむき出しになっている。アフリカの大地に注がれる太陽の日差しが容赦なく関の体のエネルギーを奪い取っていく。

テント村から二〇〇メートルくらい離れただろうか、やや赤黄色をした地面が迫ってきた。

「でっかい穴があるな」

幅が五〇～六〇メートル四方、深さ三〇～四〇メートルくらいの露天掘りされた穴が数か所点在している。不思議な光景に出会った。

遠く離れた彼方には緑の山々と草木の生えた穏やかな丘陵地の景色だ。関が先に進もうと歩き始めた。

「ノー。ジャスト・モーメント」

大きな声と同時に背後から腕を急につかまれた。

「ノー。ストップ」

関にもわかる英語だ。

「ホワイ」

振り向き、歩くのを阻んだ男を睨み付けた。男は黙って関の右側の地面を指さした。

「なんや？」

雑草で隠れた足元の先に深さ三〇メートル以上、幅は四〇メートル四方の穴があった。地底ではツルハシやスコップを持った男たちが一生懸命土を掘り、ある男は掘った土を地上に運び出していた。関が数歩進んでいたら間違いなく転落していた。

「サンキュー。ベリー・ベリー・サンキュー」

睨んでいた顔が感謝の笑顔に変わっていた。

改めて周囲をよく見渡すと同じような大穴が無数にあり、大勢の作業員が掘った土砂を地上に運びあちこちに山積みしているのだ。

（そうか。露天掘りした土砂が砂金を含んでいるのや。やり方はテレビで見るのと全く同じでアナログなんやな）

関が露天掘りの様子を興味深そうに覗きこんでいた。

誰かが関の肩をたたいた。

「カミング」

ムススが掘りたての土砂が詰まったバケツと直径三〇センチほどの金属製の皿を持って歩き出した。先には川幅数メートルの小川が流れている。淵まで行くとバケツの土砂を皿の中に入れた。ムススは両手で皿を持ち川の中に入っていった。関はその様子を黙って見ているだけである。皿の中に入った土砂は幾度となく濯《すす》がれていった。皿一杯だった土砂は洗い流され数粒の塊だけが残った。

「カミング」

ムススが皿の中を指さした。キラッと輝く小粒の石のような物が残っているのだ。

「これは？」

想像はついていたがあえて尋ねた。

「ゴールド？」

「イエス」

ムススの目が輝きニヤッと笑う。

「ミスター関。ジス・ゴールド、プレゼント」

数グラムの塊をティッシュに包み、渡された。

「センキュー」

テントに戻った関はサントスに一〇〇〇ドル渡した。

「このカネを遣って本当にこの場所で砂金を採取しているのか作業員に尋ねてくれ。それが事実なら、この土地の所有者は誰か調査してくれ」

「わかりました」

サントスを除いた一行はテント村で軽食をとった。出された食事はチキンが入った野菜の濃厚なスープと乾パントースト。関はポシェットからマイ・カンタン酢を入れて食すが一口で食べるのをやめた。

「やっぱりあかんわ」

みんなの冷たい視線が関に集中。

「ゴメン」

頭を下げ謝る。

二時間ほど採掘所を視察。作業員はしきりに掘った土砂を地上に運ぶ単純作業を繰り返している。滞在後、二つ目の目的地に出発した。

「どうして別の場所に行くのや？」

「次の場所かここにするか検討するらしいです」

二時間ほど走った。

「もう二時を過ぎました。この町で遅い昼食にしよう」

朝、通り過ぎた町だ。

「ここに入ってみましょう」

玄関先に丸テーブルが数個、その奥に古めかしい木造平屋建ての二〇坪くらいの広さがある店内。解体すれば半日で完了しそうである。昼間というのに店内は薄暗く、テーブルを基地として、ハエがその上を回遊。

「ほかの店にしようや」

「どこも同じですよ」

「僕は嫌や」

仕方なしに全員がしぶしぶ店を出た。その後も一行は、店に入っては出てを繰り返した。

「もう五軒目ですよ」

ソロモンが嫌みを発した。

「わかった。あそこでええわ」

入った店も五十歩百歩で店内は薄暗くハエも飛び回っていた。

「メニューを見せられてもわからん。僕はチキンの唐揚げを頼む」

関以外、食堂に誰も不満は言わず口々に注文している。出された唐揚げは一羽の鶏を無造作に手で裂いたものである。言い換えれば各部位の原形を揚げた料理なのだ。デリケートな関には合わなかった。

「みんな、よく美味そうに食えるな。このチキンはみんなで食ってや。僕はミネラルウォーターだけでええわ」

しかしミネラルと言っても安全である確証はなかった。

「これってニューボトルやろ？　どうして蓋が開いてるのや」

「アフリカではよくありますよ」

使い古しのボトルに水道水を注水してミネラルウォーターと称して売っているのだ。

「出発しましょう」

サントスが促す。関以外、腹が満たされた連中の顔に血の気が戻って笑顔になっている。

関は本物の砂金と対面でき次の目的地に胸を弾ませていた。最初の場所からウガンダへの帰路の国境に向かい三時間ほど走った。道中、車が停止するたびに子供たちが関のそばに寄ってきた。

「タッチ。タッチ」

初めて黄色人種を見たのか。関の肌色が彼らたちと違い物珍しいのだろう。

「カミング」

関が笑顔で窓越しから子供たちに声をかけ、寄ってきた子供の手を掴み、肌と肌とを触れ合わせた。

「ワーッ」と子供たちは大声ではしゃぎ出し笑いながら逃げて遠目に関を眺めている。別の子供たちが立ち替わり寄ってきては去っていく。

第二の産地

時刻は午後五時を少し回った。夕刻でも空は青々と雲一つなく、日本では味わえない爽快さがあった。しばらく快適なドライブが続いた。低い山のふもとに差し掛かった。

「大きな音楽が聞こえてきたけど。お祭りか？」

数十メートル先で派手な原色のシャツ、あるいは民族衣装を着ている五〇歳過ぎの数人の女が、こちらを目掛けて白い旗を振っている。

しかも、「さあ、こちらは楽しい天国ですよ。さあいらっしゃい」と言っているように見えるのだ。その女の指示する方向に進んでいくと登り坂に差し掛かった。車がなおも登っていくと道脇に二〜三坪の家々が頂上からの斜面に点在している。頂上の空き地に車が停まった。

「降りてください」

「ここは？」

「目的地です」

頂上は小さな公園のようであった。車が数台往来できる幅の土道が五〇〇メートルほどの長さで国道から続いていて、その先は歩道だという。周囲は山々が連なっており、高くても一〇〇メートルくらいである。

「ここはアフリカらしくないな」

山は近くに見え、歩いても行けそうである。関は一軒の珍しい家を覗いた。家といっても一坪くらいの広さで屋根は瓦葺《かわらぶき》。中に入った。

「臭い。この匂いはなんや。ハエもそこら中に飛んでいる」

何とも言えない異臭が漂っている。

「壁が牛糞で塗られているからです」

まだ半渇きのようで、壁からは尿と思しき水滴がにじみでている。

「サントス！　ここはなんや」

「砂金が採れる産地の部落です」

しばらく見学していると、一軒家のそばに古めかしい機械が置いてあった。

「これは何や」

サントスに尋ねた。

「数か月前に日本から送った発電機です」

「誰の」

「ソロモンです。ムススに頼まれたらしいです」

二人が話していると賑やかな太鼓や笛の音楽が数十メートル先から聞こえてきた。

「派手な衣装をまとった大勢の男女が集まっているけど」

「私たちの歓迎セレモニーです」

空き地にほぼ全員の村民が集合しているようで、女性陣は原色に近い赤と、青、黄、黒が交じった生地を腰に巻き、同様な色のカラフルなブラウスを着こなし踊っている。音楽が山岳の村中に聞こえるボリュームで鳴り響いている。

「カモンプリーズ」

輪の中で踊っている一人が関の腕を引っぱった。

「何するの」

歓迎ダンスのそばにＶＩＰ用座席三席が用意され、その前には数枚の絨毯が敷かれている。数人の女性が軽快なアフリカン音楽に合わせ腰をクネクネ振り踊っている。

手に酒の入った小瓶と籠《かご》を持った若い踊り子と目が合った。踊り子は満面の笑みを関にふりまき、籠を指さすのだ。籠の中はドル紙幣が数枚入っている。「いくらでもええからドルを入れて！」と目が籠に向けられ、関の目線を籠に誘導している。合間に踊りのジェスチャーでなおも訴えているのだ。

「なんや。チップの要求か！　好意で歓迎してくれていたのではなかったんや。結局、地元特有のビジネスだったんやな」

「ふふふ」

「何がおかしい。一方的な押し売りやないか」

「ダンスを踊ってもらった以上、いくらかギャラを払わなければ……」

「僕は踊ってくれって言ってないぞ」

「人間が小さく見られますよ」

「わかった。これでいいね」

しぶしぶ一〇〇ドルを籠に入れた。すると予想以上の金額だったのだろう。楽器の音が急に大きく鳴りだし、踊りを休んでいた男女も含め全員が一斉に踊りだした。

「現金な人たちや」

歓迎式が終わった。チップを籠に入れて数十秒である。

「式典も終わりましたから目的の金鉱を見に行きましょう」

ここの露天掘りも最初の現場と同じであった。

「川がないのに、これらの土砂からどうやって砂金を採取するの？」

あたりを見渡すが、近くに川も池もなかった。

「後でお見せします」

と告げるとサントスは、山の方向に歩き出した。関はサントスに付いて行こうとしたが体力がなくあきらめた。数十メートル先の下り坂で大きな露天掘りの穴の底に作業員が十数人、バケツとツルハシ、そしてスコップを持ち、昨日見た現場同様、土掘り作業をしていた。

しかし、よく見るとどことなく動きが不自然なのだ。作業員全員が土を掘るでもなく作業員同士が会話をしているのだ。

(ひょっとしてスポンサーの僕に対してのパフォーマンスか？　観光用？)

レジソンとムススが何食わぬ顔でその現場に足を運び、関を手招きで呼ぶ。強行軍で疲れ果てた関は地面に座り込んでしまった。一時間ほど露天掘りの作業を視察した後、村長の自宅、と言っても大人が四～五人入れば満室になる小屋でミーティングすることになった。

「川、池、すなわち洗う水の問題は？」

「こっちに来てください」

ソロモンがたどたどしい日本語で関を小屋の裏に案内した。そこには砂金を洗う中古の砂金選別機と最初に見た古びた発電機がおかれていた。

ソロモンは、発電機のスイッチを入れた。発電機は大きな地響きをたて動き始め、ソロモンは横の選別機のスイッチも入れた。何とか動くには動いたが馬力不足らしい。年代物らしく、土砂を載せると選別機は弱々しく振動するだけで、戦力には程遠い状態である。

「コレは私の機械です。これであの山の向こう側の川からポンプで山の尾根まで水をくみ上げ、こっちまで引き込むのです。尾根からは距離二～三キロですが、簡単に水は流れ込んできます。後は採掘した土砂をこの機械で選別し砂金を取り出すだけです」

真剣なまなざしで関に訴えた。だが、関には信じられなかった。

「川から尾根の七〇～八〇メートルの高さまで水を揚げるポンプとその発電機は？　この発電機で全ての動力は賄えないやろ？」

関はあえて質問だけにした。ソロモンが説明している関の横でレジソンとムススがぴったりと引っつき聞き耳を立てている。

「私たちが帰国するまでに新しいポンプとホースを買いに行きます。全て揃えばすぐに砂金が採取できるのです」

ソロモンが得意げに話を続けた。不意にムススから銀紙で包んだ小さな塊を手渡された。

「ホワット？」

「ゴールド」

「ここのエリアから採取した砂金です。さっき関さんが見た場所から採れたものです」

「そうか。ここでも採取できるんや」

「ええ。此処は昨日の砂金より純度もよいのです」

渡された銀紙の包みの中には五ミリくらいの黄金に輝く砂金の粒が数個入っていた。

「今から山の向こう側の川を見に行きますが一緒に行きますか？」

とソロモンが尋ねた。

「疲れたから君たちだけで行ってこいよ」

「分かりました」

三人は村民の何人かを道案内に連れ出発した。

一人残った関は、乗ってきた車の助手席に身をあずけ、しばらく休息をとった。

(ここでは車内が一番楽やな)

ミネラルウォーターを飲むが一口でやめた。水はぬるく単に体にわずかな水分を補給したにとどまった。

体力が回復し、退屈した関は周囲の探索を始めた。村人の家を通り過ぎるたびに異臭が関の鼻に飛び込んできた。やはり村の全ての家の壁が牛糞で造られ、コチコチに固まった壁や半生乾きの壁があるが、いずれにもハエが群がっているのだ。日本に住む関には考えられない現実。同じ地球上に住む人間でありながら、こうも違うとは……。この人々は何が楽しみで生きているのだろう。


この土地は誰の所有?


「お〜い」

サントスの姿が見えた。丁度、関の依頼から戻ってくる途中だった。関はここでも前もってサントスに一〇〇〇ドル渡しておいた。

「どうだった」

作業員や周辺の住民からの情報を内緒で調査させるためであった。

「ハイ！　このエリアはレジソンやムススの所有ではなく村長の持ち物だそうです」

「なんやて。だったら人の土地を自分たちのと、言うてんのか？」

「そうです。だからさっき村長が自宅で関さんたちと話そうとしていたのです」

「だけど、僕にはそんなこと言ってなかったぞ」

サントスはポケットからメモを取り出した。

「それに、昨日の場所もアジリ社が権利を持っていて、そこの社長が関さんと話したいといっていますが？」

「え～。そこも奴らの土地と違うのか」

関は眉間《みけん》に皺《しわ》を寄せた。

「どういうこと？」

「ムススは、アジリ社のゼネラルマネージャーなんです」

関はムススが名を連ねていることに一応安堵した。

「それで」

「アジリ社の社長が現状を聞いて欲しいと。明日、関さんがウガンダに帰った後、ホテルにきます。そのときゆっくり話をしたいと言っています」

「『夢幻の如く』この期に及んでカー、カー、カーとカラスが飛んでいく。こんな心境や」

「それで、コンゴからウガンダまでの交通費とホテル代を出してください、と言っているのですが」

「えっ！　おいおい、ちょっと待ってくれ。彼が僕に会いたいのやろ。だったら自分で交通費くらい出すのが常識やろ」

「日本ではそうですが、ここはアフリカですので」

サントスは顔色変えずに言ってのけた。

「分かった。出すと伝えて！」

納得できなかったが、砂金ビジネスを進める上での投資と思い、泣く泣く了解した。

「サントス！　僕が東京にいて、仕事の件で僕に会いたいと言う人が大阪から上京するからといって、その人の交通費を出す馬鹿はいないやろ」

と愚痴《ぐち》ったがサントスはすでに去った後だった。一行は目的の二か所の採掘所を視察したのちコンゴ民、ウガンダ国境の入出国審査施設の閉館時間内に間に合うよう急いだ。

両国の入出国審査は信じられないほどスムーズであった。

「閉館の時間が迫っているので担当官も早く帰りたいのやろう」

関の言葉には無反応のサントス。

その日の深夜、ウガンダに戻った一行は深夜十二時を回った時刻にホテルに到着。

「私たちは自宅に戻りますので、改めて、こちらに来ます」

レジソンとムススは自宅に戻っていった。

「僕たちも長旅で疲れたから、すぐに寝よう」

昼過ぎ、ホテルに視察した採掘所の社長と部下の二人が到着し、サントスに付き添われ関の部屋に入った。社長は六〇代半ばだろうか顎《あご》に不揃いの白い髭《ひげ》が生え、人の好さそうな面持ちだ。部下は痩《や》せ型で神経質な抜け目のない風貌である。関は名刺を手渡すとすぐに疑問をぶつけた。

「アジリ社が先日のエリアを所有していると聞いたが、資本は誰がだしているの？」

「ムススが全てプロデュースしているのですが、会社を設立するのに地元の人間が必要なのです。私たちは地元の人間で、全面協力しているのですが、給料を六か月もらっておらず、今回日本からスポンサーが来るので、すぐに払うとムススが言っていたのです」

「スポンサーって僕？」

関は自分の指を自身に向けた。

「そうです」

大きく二人が頷いた。二時間の話し合いの末、やっと事情が理解できた。関が最初に見た現場はアジリ社が国から採掘権を取得し自社で採掘していた。その資本はムススがレジソンに出してもらい、ムススは自分がオーナーだと思ってゼネラルマネージャーになった。だが、プレジデントがトップとは知らなかったようだ。レジソンはカネが続かないので新しいスポンサーをソロモンに依頼した。ニュースポンサーとして関の登場だった。

「今、ムススからの情報がなくアジリ社の経営が全く分からないのです。現実に砂金は採れて彼らに渡しているのですが、私たちや現場で働いている人たちも給料を半年間もらってないのです」

「聞いとる。それでよく働くな。給料って一か月いくらなんや」

「一〇〇ドルです」

「だったら二〇～三〇人やから一か月で二〇〇〇～三〇〇〇ドルか？　それに食費か？」

関は腕組みし目を閉じた。そして頭の中で計算を始めた。毎月多くても三〇〇〇～四〇〇〇ドルくらいで経費はまかなえる。砂金が月産最低五キロとすると……。考えているとサントスが関を現実に戻した。

「お願いがあるのです」

「お願いって何や？」

「連中と話し合いたいのですが、スポンサーの関さんも同席していただきたいのです」

「社長の言うことはもっともや。話は分かった」

「そうですね。今後の事は権利者全員と話し合わなければ、この先、もめることになりますね」

「分かった。サントス！　この人たちも交えてムスス、レジソンたちと話し合おうや」

「では彼らに連絡します。何時にしましょう」

「この人たちがいる間にしよう」

サントスが携帯で電話し始めた。

「一時間後、関さんの、部屋に集まることにしました」

「分かった。ところで、あんたらのエリアで本当に砂金は採れるの？」

素直な疑問をぶつけた。

「間違いなく採れます。今は手掘りですが、機械を導入できれば月産三〇～四〇キロは堅いと思います」

名前だけの社長が、自信ありげに答えたのをサントスが通訳した。

「機械というのはユンボ？」

「そうです。今は人力だけで、掘っています。後は掘りだした土を洗い出すだけでいいのです」

「確かに川も側にあり環境はベストや。あの川って水は年中流れているのか？」

「ええ。大丈夫です。しかもあの川でも砂金が採れるのですよ」

（へえ！　うまくいけばめちゃおいしいな）

関の頬の皮が緩んだ。

対面

約束の時間を少し過ぎたころムスス、レジソン、ソロモンが揃ってやってきた。部屋に入ってくるなりムススが、アジリ社の社長の存在に驚いたようだ。怪訝な表情を浮かべたムススは、部屋の隅に移動した。二人の表情で、関は咄嗟に予感した。

「ムススにとって都合の悪い話になるな」

日本語で小さく呟いた。

「みんなテーブルを囲んで座って」

関が議長席、残り六名がそれぞれ座った。会議を始める前にレジソンが全員に黙禱《もくとう》を命じた。

「本日このような場所に全員がいられることに感謝し、今後のビジネスが成功することを祈ります」

彼はクリスチャンだった。悪いことではなかったので、クリスチャンでない関も彼の意に従うことにした。いよいよ会議のスタートだ。関が切り出した。

「最初に訪れた採掘場所の権利は？」

「アジリという会社のものです」

ムススが即座に答えた。

「アジリという会社は、誰が経営しとるのや？」

同時に二人が手を上げた。

「ムススはゼネラルマネージャーやろ。ゼネラルマネージャーというのはトップではないぞ」

「私が最高責任者です」

とムススが言い切る。

「アジリの社長は、この人やろ」

と名前だけの社長の方向を指差した。

「そうです。私はゼネラルマネージャーです。だからトップなのです」

とムススが自信を持って答えるのだった。

「ゼネラルマネージャーってトップではないよ」

レジソンが首を振った。

「今まで収益があったはずだが、そのカネはどこに消えたのか？」

アジリの社長が尋ねた。

「食事代とかスコップ代、ガソリン代とか。それに人件費だ」

不機嫌にムススが答えた。

「われわれの給料はいつ払ってくれるのか？」

「関さんと一緒にやることが決まればすぐに支払う」

ムススばかりが答え、レジソンは黙って聞いている。

「レジソンは今回の仕事でどういう役割なん？」

関が尋ねた。

「私はムススに言われるまま資金を出してきた。いわゆるスポンサーなのだ」

とゆっくりした口調でレジソンが口を開いた。

「だから今回の現場にも確認のため初めて行ったのです」

「そうかムススが中心人物なんや。やっと相関関係が分かったわ。だったら、なおさら、ここではっきりしとかなあかんね」

「そうですね。日本で聞いた話と違いますものね」

サントスが涼しい顔で口をはさんだ。

「では質問するけど、僕はどういう形で参加するの？」

「日本からユンボ、砂金の分別機、発電機を持ってきてください。今は国から手掘りのライセンスをもらっていますが、大量の砂金を採取するには機械使用のライセンスが必要となります。そのライセンス料を払って欲しいのです」

「いくらですか？」

「手掘りは一年間二万ドルですが、機械使用は一年間六万ドルです。それ以後は期間が切れる前に同じ金額を払えば延長ＯＫです」

「分かった。では僕の取り分はどうなるの？」

全員が真剣な顔になっている。

「私はウガンダでドック社という砂金の売買をする会社を持っています。国外に持ち出すにはライセンスのある会社を通さなければ輸出することができません。それで国外に持っていくときは私の会社を通すこと。そのコミッションは五パーセント。別に三〇パーセントを私の取り分としてもらいたい」

レジソンが真っ先に発言した。

「ムススはどうなん？」

「私の取り分はレジソンと一緒で五パーセントあればＯＫです」

「アジリ社は？」

「二五パーセント」

「すると五＋三〇＋五＋二五＝六五。それに税金が三〇パーセントかかる。残りは五パーセント」

関は目の前のテーブルの上にあったメモに彼らの取り分を書き出した。

「ちょっと待って。残り五パーセント？　この中からサントスにも渡さなあかんのやで。ネットで僕の取り分はいくらなん！」

声も荒く、関は不満を全員にぶつけた。数分の沈黙が続いた。

「ところでレジソンは今までアジリにいくら投資したん？」

関の率直な疑問であった。彼は指を二本つきたてた。

「二〇万ドル？」

首を横に振った。

「ノー。二万ドル」

とレジソンが答えた。関の表情が苦笑いに変わった。

「レジソン！　ちょっと待って。今後、僕が出資するカネはいくらになる？　単純に計算しても最低で三〇万ドルにはなるよ。それなのに、僕の取り分が数パーセントにしかならないなんておかしいと思わん？　思わなかったらあほや！」

腕を組み天井を仰いだ。

「フー。話にならんね」

そして大きなため息をついた。

（これがアフリカか。彼らは自分に都合の悪いことになると無口になりよる）

「君ら、本気で言っているのなら、この話はなしやね」

関は突っぱねた。

「ミスター関の意見は？」

レジソンが関に尋ねた。関はテーブルの上のメモに関係者の名前を書き入れた。アジリ社、レジソン、ムスス、ソロモン、そして関。関はみんなにメモが見えるように名前を挙げて説明を始めた。

「まず、キロモト（国営企業）に三〇パーセントの税金を払わなければならない。残りの七〇パーセントをどう分けるか」

関の話に全員が頷いた。

「まず、このビジネスに対し資本家と採掘鉱山の所有者を分けるべきだ」

と、関が続けた。これにも全員異議がなかった。

「関は三〇万ドル、レジソンは二万ドルの投資。アジリ社は採掘エリアの所有者。この三者に分けられる」

関はみんなの顔色を探った。平穏な表情だ。交渉力に自信を感じた関はためらいなく畳み込んでいく。メモに税引き後の七〇パーセントの八割が関、後の両者が一割ずつと書いた、その瞬間だ。

「オー・ノー」

真っ先にレジソンが奇声を上げ、立ち上がった。

「私は今までこのビジネスの中心だった。私は納得できない」

「だったらどうしたい？」

毅然《きぜん》と言い放った。

「私は三〇パーセント欲しい」

「まあええわ。アジリは？」

「私は確実にもらえるなら一〇パーセントでOKです」

「OK！　後は僕とレジソンの問題やね！」

ミーティングの雰囲気が険悪になっていった。

「関さん！　みんな昼飯もまだですし食事に行きましょう」

サントスの発した言葉は硬直化した雰囲気をニュートラルにするグッドタイミングだった。誰も言葉を交わすことなくホテルのガーデンレストランに向かった。時刻は午後三時過ぎ、昼下がりの昼食だ。

中庭にはまぶしい日差しがまだ強く差し込んでいる。芝生に覆われた中庭には小さな池があり、中央の高さ二メートルほどの岩が噴水で、水が勢いよく出ている。そしてテーブルがほどよい間隔で並び、周囲は緑の葉が生い茂った大きな木々に囲まれ、緑一色の落ち着いた雰囲気を醸し出している。

「美味しい空気や。ほっとする。異国のアフリカとは思えん」

「本当ですね。いい心地です」

「スー、ハー」

関は大きく深呼吸をし、気持ちを落ち着かせた。全員がテーブルに着いた。それぞれの料理が運ばれてくると、どこからともなくアフリカ産のハエが料理の周囲に集まりだした。

「おい！　ほかの客は気にもせず、美味そうに食べとるけど、僕のような先進国出身には無理やな」

と言いながらも、注文の料理を食べだす。料理にハエがすぐに群がり、追い払ってもすぐに群がるのだ。

「気になって何を食ったかわからんな」

ゆっくり味わえたのは冷えたビールだけだった。

「おう。あのウエイトレス可愛《かわい》いな」

口にしたビールグラスが止まってしまった。

「このレストランのウエイトレスはきれいな女性が揃っとるな」

「関さんの好みですか？」

「脚は長く、きゅっと締まった細いウエスト、持ち上がったヒップライン、モデルみたいやな。おっと！　見とれてしまうな」

食事が終わった男どもは用事もないのに、彼女たちと話すチャンスを狙った。当然、関も負けずに外国人の優位性を武器に声をかけた。

「ハロー」

満面の笑みでアピールだ。発音のせいなのか無視され店内へもどるウエイトレス。あえなく撃沈だった。

「万国共通やな。男どもは女性には興味あるのや」

朝の会議の険悪ムードが和やかムードに一変した。

「おい！　サントス。何時から会議を再開するか聞いてくれ」

「今日は疲れたので明日にしましょうと言っています」

「OK。では明日の一一時に僕の部屋で」

散会した関はサントスと居残った。再挑戦するためである。高級ホテルのウエイトレスたちの目は青く輝き、垢抜《あかぬ》けていた。

「君のような美人の外国人と友達になりたいだけや」

関は言い訳じみたメッセージをサントスに預けた。

「ビア・プリーズ」

目をつけたウエイトレスがテーブルの前を通るのを見計らいビールの注文。

「イエッサー」

数分でビールが届いた。だが運んできたのは本命ではなく別のウエイトレスだ。

「ワン・モア・ビア」

テーブルに手付かずのビールが溜まっていった。

「ビア・プリーズ」

また、どうでもいいウエイトレスが運んできた。

「関さん、私が呼んできます」

サントスが気を利かせ立ち上がった。五分もすると本命のウエイトレスとサントスがニヤニヤしながら戻ってきた。

「今度、君の休みに食事でもいかん？」

関は言葉の通じないウエイトレスに微笑《ほほえ》んで尋ねた。関の想いが相手に伝わるかはサントスの通訳次第である。二時間あまり二人は飲みたくもないビールを飲み、食いたくもない食物を食べ続けた。

ウガンダの恋はむなしい結末となった。

契約書の作成

「僕の行いがええから、ずっとええ天気や」

夜中に雷雨が一瞬あるが、朝にはカラっと晴天になる。

『昨日、関さんとレジソンが口論になったので朝のミーティングは中止になりました』

サントスが朝早く部屋電で知らせてきた。今朝は一一時から最後の詰めの契約をすることになり、主役の採掘ライセンスを持っているアジリ、レジソンの会社ドックと関の三者の契約書を交わす予定だ。

「ナイジェリアの人間は決して暴力的ではなく平和主義です」

とは、ソロモンの口癖である。だが同国人のレジソンの行動は彼の言葉を裏切った形になり、関とレジソンが険悪なムードになってしまった。

「契約書は、関さんの帰国日、私の自宅でやりましょう」

不満を隠さないレジソンが渋い顔で関に告げた。

「OK」

「私の自宅はホテルから四〇～五〇分です」


帰国当日になった。

「彼の自宅は空港に行く途中にありますので、ゆっくり会議ができます」

「やっと帰国できるな」

「昨夜は雨がよく降りましたが、今日は晴れてよかったです」

ムススが迎えに来た。車はレジソンのランクルである。二〇分ほど走り、車は国道から脇道にそれた。住宅街の道は舗装されておらず、前日の雨で水溜りばかりである。車は悪路を避けるが無駄であった。緩やかな坂に差し掛かると小高い閑静な住宅街が見え道周辺には洒落た木造住宅が建ち並んでいる。

「カンパラの市内にも、こんな高級住宅街があるんや」

頂上に辿り着くと、そこからはカンパラ市内が一望できた。

「大きな建物はなく緑多い街並みが美しいな」

関がほっとした表情を見せる。

「景色だけ見てると平和やなあと思うけどな」

以前ウガンダで騙されたことを一瞬思いだし表情は曇った。

居宅は小高い山のふもとにあり玄関の門の周囲が白壁で囲われていた。

「パアーパアー」

門前に車が到着すると、ムススはクラクションを鳴らした。門横ドアの小さな覗き窓から訪問者を確認したのか、門が開いた。

「この国は治安が悪いので、民家でも安全の確認を厳重にしているのですよ」

運転手のムススがレジソンの自宅を自慢げに説明した。関たちは玄関に案内された。奥のリビングに数人の人影が映った。そして笑い声が聞こえた。

「先客がいるようや」

「誰ですかね」

ムススに付き添われリビングに案内される。恰幅の良い五〇代半ばの男と痩せた軍服姿の将校らしき男が、ソファに座りソフトドリンクを飲み歓談していた。レジソンが二人に応対している。

若い二人の兵士が自動小銃を肩にかけ、二人の両サイドに直立不動で立ち、ガードしているのだ。関の予期しない光景だった。張り詰めた空気が関の体を被った。小銃を目の当たりにしているせいだ。先客の顔が関に向けられた。

「ハロー、ナイス・トゥー・ミー・チュー」

恰幅の良い男が笑顔で声をかけてきた。

「ナイス・トゥー・ミー・チュー」

関は緊張した面持ちで挨拶をした。男が立ち上がり右手で敬礼をすると、元のソファに股を大きく広げ座った。身長一六〇センチを少し超えたくらいだが、体重一〇〇キロは優に超え腹が大きく突き出ている。

痩せた軍服姿の男は横で姿勢を正し座っている。三〇歳を少し超えたくらいだろう。体は細身だが、がっちりした筋肉質のようである。戦闘中のような鋭い目が関を威嚇《いかく》している。平和ボケの関には理解しがたいが、反革命軍や内戦で戦ってきた軍人の匂いがした。

「サントス。彼らは何でここに？」

「さあ。わかりません」

「ソロモン！　君は知っているのか？」

ソロモンは薄笑いするだけで無言である。

レジソンが関を手招きした。

「ミスター関！　彼はウガンダのジェネラル（将軍）で、隣は現大統領の親戚にあたる部下の軍人で階級はチーフ（准尉）です」

「オー。コンニチハ」

ジェネラルが愛想よく握手を求めてきた。

「ハウ・ドゥー・ユー・ドゥー」

関も手を差し出し、改めて挨拶をし握手となった。同じように隣の軍人に握手を求めたが無表情で一点に視線を集中、関の存在を無視しているのだ。

「プリーズ・シット・ダウン」

関もソファに座った。テーブルには常温のビールのみが数本置いてある。一口、口にするが本当にぬるく飲めたものではなかった。レジソンと軍人二人は、ふたたび歓談を始めた。

「この国は？」

サントスの顔を覗いた。

「やはり電力が高いので冷蔵庫は……」

あきらめ顔で関は三人の会話を黙って聞いて理解しようとするが、専門的な会話が多く同席しているのみである。

「ＯＫ」

レジソンが立ち上がり、全員を促し二階の書斎に案内した。数分遅れで兵隊二人が約四〇センチ角のジュラルミンの箱を重そうに運んできた。レジソンがサントスに何か言った。

「私は今日忙しくて銀行に行けなかった。今、手持ちが一〇〇〇ドルしかない。関さん！　あなたに一〇〇〇ドル出してほしい。とレジソンが言っています」

「何のカネ？」

「この箱の中に砂金が一〇〇キロ入っています」

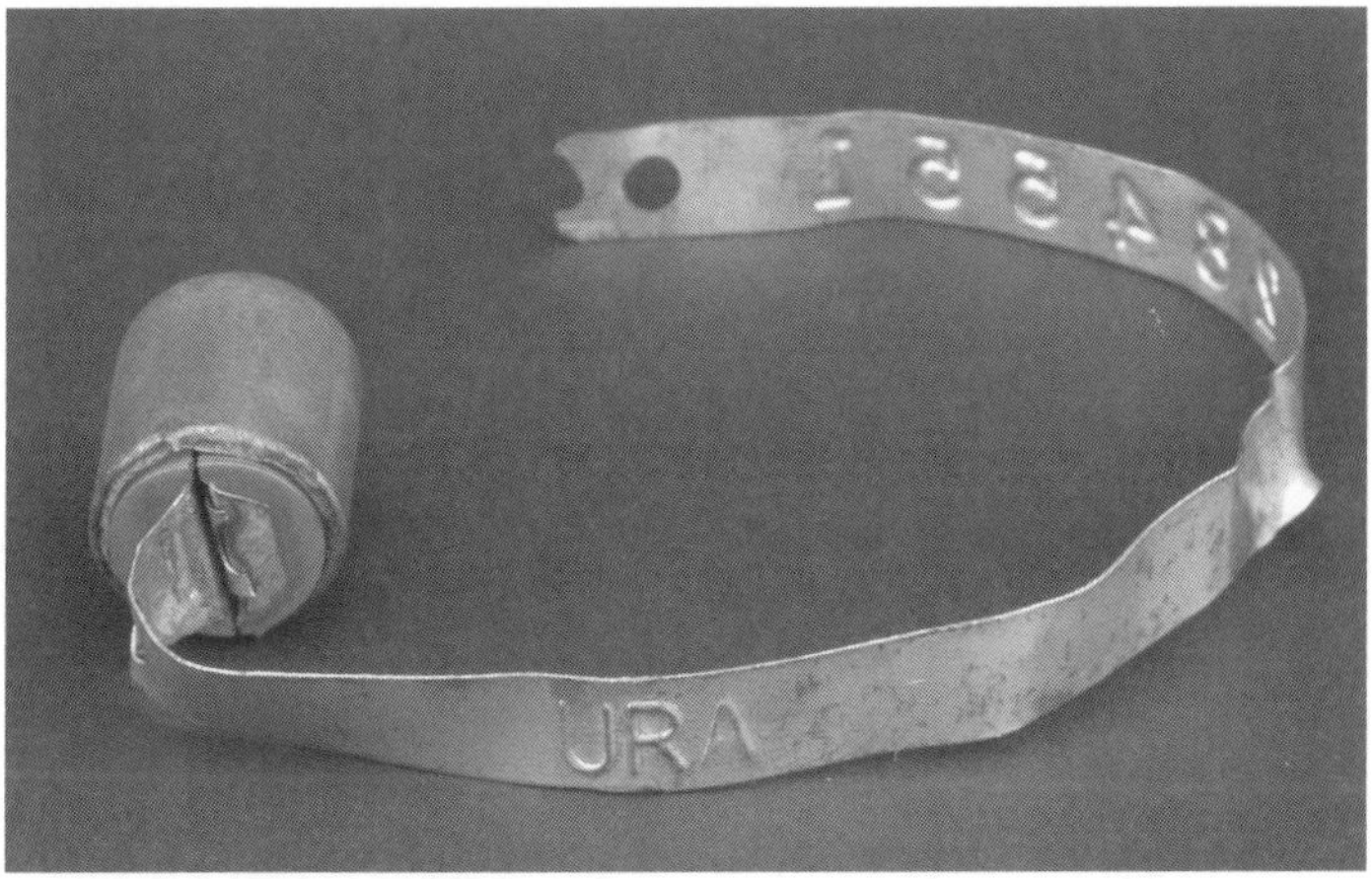

一〇〇キロの砂金が入った箱の「鍵」は、二〇〇〇ドルで切断された。「鍵」には「URA」＝ウガンダ歳入庁の刻印があった。

「それがどうしたん」

「関さんに見せるために将軍に頼んだそうです」

「見るだけで一〇〇〇ドルも出さなあかんの？　それなら頼んでもせんので、いらないと断って！」

しかし遅かった。レジソンが自分の財布から一〇〇〇ドルを取り出したのだ。

「今日は一〇〇〇ドルしかないので駄目か？」

「ノー」

チーフが初めて口を開いた。答えはつれなかった。沈黙が続いた。関が一〇〇〇ドルを出すのを待っているのだ。

（なんで僕が出さんとあかんのや）

なおも沈黙の時間が過ぎていった。

「わかった。出すがな」

いたたまれなくなった関が声を発した。ポケットからドル紙幣を数え、一〇〇ドル紙幣一〇枚を手渡した。すると、それまでへの字になっていた将軍の唇が緩んだ。

「OK！　オープン」

命令が下った。部下は無言で指示どおりにジュラルミンの箱を目の前のテーブルに置くと、厳重に封印していた鎖をペンチで切り蓋を開けた。

「おう、すごい」

思わず声が出そうになったが、関は言葉を飲み込んだ。

レジソンの不満

ボックスの中は黄金色に輝く砂金が溢《あふ》れんばかりに、ぎっしりと詰まっているのだ。

関は大きく息を吐いた。心の動揺を彼らに見透かされないよう、普段の表情でソファに座った。

「触ってもいいか」

とソロモンが尋ねた。

「ノー」

あっけなく拒否された。レジソンがチーフと話しだした。

「サンプルを採ってもいいか」

レジソンは関の方を指差した。

「彼は日本のバイヤーで、サンプルを日本に持ち帰り純度を計り、問題なければ買ってくれるのだ」

（おいおい芝居かい）

腹の中で関はそう呟いた。チーフが首を横に振り蓋を閉じた。チーフとレジソンの問答が数分続いた。

「OK」

レジソンに根負けしたのか、チーフがようやく首を縦に振った。するとソロモンは早かった。

関や周囲を押しのけ動いた。先ほど拒絶されたのも気にせず、再度ボックスの中に手を入れようとした。

「ノー」

護衛の兵士が首を大きく横に振りソロモンの手を摑んだ。レジソンが「自分が少量取るので」と再度交渉した。

「ＯＫ」

チーフの許可がでた。遠慮気味にレジソン自身が少量の砂金を指でつまんだ。先日の話とは全く違っていた。

「サンプルを採るときは底まで手を突っ込み、よく混ぜて採らなければだめですよ。上部だけ本物で底は偽物の場合がありますからね」

とｊフォンドの小川からアドバイスを受けていた。だが兵隊の自動小銃と迫力に負けてしまった。

「僕は一〇〇〇ドル分持って帰るからね」

だがチーフにかたく拒否され、八グラムをティッシュに包んだだけだ。

（八グラム言うたら末端価格でグラム四六〇〇円ほどやから約三万七〇〇〇円や。為替が一ドル八八円やから二〇〇〇ドルいうたら一七万六〇〇〇円か。えらい損やないか。肩にかけた自動小銃の威光や。平和ボケの僕は彼らの演出に騙されっぱなしや）

口惜しさと自身の臆病さに気が付くことになった。日本では身近で見ることができない光景だけに、関も恐怖をいだいたのだ。

（僕が帰った後、彼らは二〇〇〇ドルから八グラム分四二〇ドルを引いた一五〇〇ドルあまりを

兵隊と山分けする気なんや）

二〇〇〇ドルといえば、この国では大金である。

「質問がある。この砂金の純度は、何パーセントある？」

「八三から九〇パーセントです」

ソロモンと初めて会ったときに、持参した砂金は純度八九パーセントであった。

（一応合格や）

「もし僕が買うとしたら価格は？」

日本を出る前にサントスとソロモンから一キロ二万ドルと聞いていた。今回のビジネスが本物だとすると今（二〇一三年）、日本の相場は一グラム四六〇〇円で為替が一ドル八八円、十分利益が出る計算だ。

「二万ドル。しかも支払いは全体の重さの八〇パーセントの支払いでOKと言っています」

「間違いないね？」

「はい。レジソンがそう言っています」

純度が八〇パーセント以上なら、もっと儲かるということだ。

「消費税とインゴットにする加工賃が一グラム当たり二〇〇〇円。二五パーセント以上の儲けか」

小さくつぶやいた。

（ソロモンも僕と同じ事を考えているに違いない。だけど、なんでや。どうして今まで誰も買わなかったのや）

軍人たちを一階のリビングに戻し、関たちだけが書斎に残された。

「関さん、この砂金買いますか？」

即座に返事はできなかった。

「買う気はあるが、返事は帰国後、本物か否かのチェックをしてからします」

渡辺と相談する必要があったからだ。

「一キロ二万ドルだったね？」

「ノー。一キロ二万五〇〇〇ドルです」

レジソンがゆっくりした口調で返してきた。関はサントスとソロモンの顔を見た。

「話が違う。価格が高くなっている？」

「さっきは二万ドルと言っていたのに、二万五〇〇〇ドルになるの？」

関が質問する前にサントスがレジソンに尋ねた。

「ノーノー。二万五〇〇〇ドル」

頑固に言い張るレジソン。

「OK。ちょっと考えさせて」

腕を組み目をつぶる関。

「関さん！　どうします」

「ここで議論しても仕方がない。大事なのは価格より、本物か偽物か日本で調べることが先決や。そして問題が一つある。たとえこれが本物だとして売買の受け渡しの為に再度、僕がウガンダに来なくてはならない。今日の現物は本物でも、実際の取引で偽物を摑まされる恐れもある。全てを信じるわけには……」

「どうします」

サントスがさらに尋ねた。

「ダメもとや。もう一回価格を尋ねて」

価格の押し問答が三〇分ほど続いた。

「分かった。日本に帰国して価格は再度検討してみると伝えて」

「分かりました。では本題の砂金の採掘量の分け前の話し合いをしましょう」

サントスは関係者全員を書斎に集めた。

関は前もって全員が納得できる案を用意し、実は昨日、レジソン以外に内諾を取っていた。レジソンの取り分もムススに相談して「たぶん大丈夫だろう」と承諾を得ていた。だから契約書の調印には自信があった。

「昨日、僕が考えた案を聞いてもらいたい」

関が笑顔で契約書を机に置いた。真っ先にレジソンが契約書を取り上げ読み始めた。当然「OK」という言葉を期待していた。

アジリの社長、ムススがサインを書き終えた。ところが、レジソンがサインをするにあたり急に怒りだした。取り分の問題だった。

今回の採掘場所から採取する砂金の三〇パーセントは税金で取られる。差し引いた七〇パーセントを一〇〇として、その一〇パーセントがレジソンの会社であるドック社の取り分だ。アジリも同じ一〇パーセント、関は八〇パーセント、全体の五六パーセントが関。ただし、関の取り分からサントスとソロモンに手数料として二人分一〇パーセント払う。それが気に入らないというのだ。

サントスが関の言葉を何度も説明するが、「ノー、ノー、ノー」と繰り返し、怒鳴りだすのだ。今まで穏やかな顔だったが、欲の皮が突っ張った顔つきに変わり、部屋のドアを大きな音を立てて閉め出て行った。関も顔の怖さでは負けてはいない。

「分かった。だったら今回のビジネスは白紙にしてやめよう」

と残った全員に大声で叫んだ。関としてもそんなに欲はない。みんなが仲良く仕事ができればいいと考えていた。

(スタートからこれでは。所詮人間は欲の塊。もめれば採取した砂金をごまかすのが関の山だ)

関はレジソンがいくら怒っても動じる様子を見せなかった。とうとう最後にレジソンが、みんなに説得されしぶしぶサインした。

彼らは関が筋道を通す男と評価。一歩も引かないことが今回の交渉で身にしみたようだ。

警官は袖の下に弱い

カンパラの天気は相変わらず好天に恵まれ空気が澄んでいた。一通りの目的は果たせ、帰国の途に着いた。

「あれ！　ランクルではないのか？」

ムススがレジソンの自宅から空港まで送るのだが、クーラーもよく効いたランクルのはずであった。

「レジソンが拗《す》ねているのでは？」

「みたいですね」

みんなの一致した意見である。レジソンが手配した車は、クーラーも利かず窓を開けようにもキュー、キューと油切れの音が鳴り、スムーズに開かないのだ。日本車だが日本では廃車にするにも費用を支払わなければ引き取ってもらえないポンコツ車だ。

「やっぱり、契約内容が、気に入らないのですね」

サントスが呟いた。

「結局、どっちも中途半端に終わってしまったな」

「どうします？」

「とりあえず渡辺さんに報告や。それからかな」

「そうですね。でも将軍の一〇〇キロの砂金は本物ですね」

「そうやな。でも価格が。おそらく再交渉になるやろな」

車が、すれ違うたびに埃が車内に入ってきた。そんな道路を抜け三〇分ほど国道を走った。

「ほんま暑いね。拭いても、拭いても汗が出てくる」

みんなが車内の暑さにまいっている時だった。

「検問みたいやで」

二人の制服警官が車を止め、免許証の提示を求めている。関に嫌な記憶がよみがえった。

警官二人は、関たちの車に道路脇に停止するよう指示した。

「大してスピードは出ていなかったよ」

「ええ、スピード違反ではなさそうです」

ムススが慌ててドアを開け、車の外に飛び出していった。

「なにやら小声で警官と話していますよ」

ムススはポケットからドル紙幣を数枚、免許証の間に挟み警官に渡した。

警官の表情が変わった。ムススが薄笑いを浮かべ、警官に話しかけた。その警官が笑うと、ムススの免許証だけを返し、親指を突き立てた。

「OK！　ゴー」

車の進行方向に右手を向けた。

「すごいな。日本ではありえん。目の前で白昼堂々とカネを受け取る警官を初めて見たわ」

「微力な警官でも、国家権力ですからね。やりようによっては、銭儲けはできますね」

「物騒なこと言うなよ」

空港は大勢の客待ちのタクシーと人で溢れていた。タクシーといっても、日本では廃車寸前の車に料金メーターを付けたようなもの。クーラーが利いているかは、定かではない。

「僕は出国手続きを済ませたら、ビジネスクラスのラウンジに行くから」

空港内は汗臭く、さらに様々な種類の匂いが漂い関の鼻を襲ってきた。ラウンジ内は先進国のVIPルームほどの高級家具は置いてなかったが一応清潔感があり満足できた。フライトまでに、たっぷり時間があった。サービスのビールを口にしながら、交してきた契約書を読み返した。

関側の出資は日本から設備機械一式、運転資金、そして政府へ支払う一年間の採掘権料六万ドル。関の頭はすでに月間の採掘量の皮算用でいっぱいだった。

（月間最低でも一〇キロの採掘量、一年で一二〇キロ、渡辺、関の取り分は五六パーセント、するとと六七・二キロか。一グラムが四六〇〇円ほどやから合計で約三億一〇〇〇万円。帰国してなんぼの儲けかコスト計算して……。半分だとしても一億五〇〇〇万円以上の儲けか？　やっと渡辺さんに良い報告ができる）

関は自然と頬が緩みだした。

「気が付かなかったけどビールが冷えてるがな」

帰国の搭乗機まで二〇〇メートルほどを足取りも軽く歩いてタラップに到着。席に座るとウエルカムドリンクのシャンパンが運ばれてきた。

「美味い。よう冷えている。木材の件はゆっくり処理しよう」

全てが心地よい気分に包まれた。

機内の食事も来たときと違い、美味しく感じられた。少々サービスが悪くても許せた。飛行機は定刻どおり成田に到着。関は大の飛行機嫌い、機内でぐっすり眠ったことがなかった。しかし今回はよく眠ることができた。


「なんて日本は文明国なんや。こんなええ国は世界中探してもないで。恵まれすぎや」

翌朝、渡辺の事務所兼居宅を訪れた。出迎えたのは関の代わりの後任介護士であった。

「渡辺さんは？」

「今、来られます」

一応の報告を済ませた。

「日本人は本当に幸せですね。全てが揃っている国なんてこの日本くらいかもしれません」

「そうです。ある意味で日本人は平和ボケしているかも」

真っ先に出た二人の共通の言葉だった。渡辺の事務所兼居宅のデスクに座るなり関はPCを開き、資料作りに着手した。

「え〜と。まずはソロモンが言っていたユンボの〇・七サイズを探さんと……」

ソロモンの話では中古で二〇〇万円くらいからあるといっていた。が、その情報は正確ではなかった。今や中国、東南アジアの開発が活発で、ほとんどの中古産機がそちら向けに輸出され、日本には残っていなかった。一〇年以上経過したものでも四〇〇〜六〇〇万円程度はするのだ。

関は友人の岡村《おかむら》に問い合わせた。神戸で若い頃、やんちゃな男で通っていたが、性格は純情で純粋な男だ。すでに七五歳である。

「もしもし久しぶり。岡村ちゃんは産業機械に強かったやろ」

『僕の専門やんか』

「悪いけどユンボの中古と発電機を探してほしいのや」

『なにすんの』

「アフリカに持っていくのや」

『探したるけど、今は中古でも引き手あまたやさかい。でもちょっと待っといて』

彼は利害関係なく友達価格で売ってくれる。関はそれに期待した。

第四章　膠着状態

帰国後一週間が過ぎた。

『関さん、飯をごちそうしてください』

サントスから電話があり、関は快く応じた。

「よっしゃ。五時過ぎに事務所で会おう。そのときに今回のレポートを持っといで。そしたら寿司おごるわ」

事務所と言っても、渡辺の自宅の和室六畳一室に机とＰＣが二台置いてあるだけの簡素な部屋である。

『分かりました。よろしくお願いします』

サントスは約束の時間通り五時にやってきた。車椅子の渡辺と関が出迎えた。

「レポートを見せて」

「これです」

「何？」

手渡されたレポートを受け取った。しかし全てフランス語。しかもたった便せん一枚のみ。

「こら！　僕にフランス語が分かるわけがないやろ！」

と関が目尻を吊り上げ、サントスを睨みつけた。

「言葉で説明しようと思ったのですが……」

「ごまかすな。じゃあ説明して！」

「〈一二月二三日参加者アジリ、ドック社、関。今回のビジネスは三者が共同で……〉」

文章は短く、サントスの説明が三〇～四〇分続いた。

「今、君が言うてることは、すでに分かってること。例のウガンダでの将軍からの砂金買い付けの件は？」

はぐらかされた関が執拗に尋ねる。

「レジソンと交渉中です」

「サントス君！　私も少し期待が外れましたね」

渡辺の口調は優しかったが目は笑っていなかった。二人は期待はずれの報告にあきれてしまった。

「君。何のために高いカネ払ってウガンダとコンゴに行ったと思っとるの？」

関が渡辺の顔を覗いた。渡辺は軽く頷く。

「どうするか結論を出すこと。いいね」

「わかりました」

サントスの返事に力はない。

「しゃあない。寿司食わすわ。よろしいですね。渡辺さん」

軽く頷く渡辺。赤坂《あかさか》の『寿司処日本海』に行くことになった。

店に入ると右側にカウンターが奥まで続き、左側に数室の個室が配置されている。関とサントスはカウンターに座った。

「大トロ二貫、赤貝二貫」

お絞りで手を拭くなりサントスが注文。

（一番高い寿司を頼みやがって。まあいいか、彼もウガンダで活躍？　したんやから）

関は安物の蒸し海老の握りを一貫頼んだ。握りたての寿司を関は口に入れかけた。

「大トロを二貫お願いします」

（このやろう。またか。何が大トロや）

「サントス！　ちょっと待って」

サントスの顔をにらんだ。

「君はいつも彼女と寿司を食うとき、何を食っとるの。大トロばかり食べているのか？」

「いいえ、いつもはせいぜい中トロまでです」

「あほ！　君は性格が卑しいね。ええか！　いくら奢《おご》ってもらえるからいうて、日常食わんものばかり食うのは、意地汚いと言うのやで。意味分かるね」

「分かります。でも今日は特別の日と思っていますから」

「何も特別やないで。板さん！　注文は直接聞かんといて。全て僕経由にして」

関は手まねで自分の指をサントスに向け、それから関自身に向けた。そして関の指を板前に向け注文の流れを指示。

「はい」

威勢よく返事をした板前は、関たち二人の会話を面白そうに聞いていた。関はサントスが注文する前に先手を打ち適当に注文していた。海老、海鮮サラダ、白魚の天ぷら、どちらかと言えば一品料理だ。まず、お椀を飲ませ腹を膨らませる作戦だ。そして間髪容れず、茶碗蒸しを注文。作戦は見事に成功した。

砂金一〇〇キロの打ち合わせ

「昨日はごちそうさまでした。サントスは大トロばかり食っていましたが」

関は、渡辺から食事代を預かっていた。

「私は参加できませんので、お手数をかけましたね」

「いいえ」

関は説明を続けた。

「レジソンの家で実際に確認した、ウガンダ政府の砂金一〇〇キロは本物でした。しかし、どうやって取引するか迷っています」

「基本的に彼らを信用していないのですね」

「はい」

渡辺と関との間で沈黙が続いた。

「取引条件をリスクがないよう書面にしてみたのですが」

メモを渡辺に差し出した。

「取引はセラーが日本に砂金を持参。関側のチェックの結果、問題なければ代金を支払う、という形がいいと思うのですが」

少し考えて渡辺が提案をした。

だが関の判断は違った。一パーセントの可能性があればトライすべきと記者時代、各経営者の言葉として記憶に残っていた。ウガンダに行く決心を渡辺に告げた。

「レジソンからは『私は将軍に、そこまで信用がない。だからと言って彼らが日本に行くわけがない』と聞いています。私はとりあえずウガンダに行き将軍を交えて交渉してきます。最悪取引は中止しても構わないと思いますが？」

「わかりました。関君。行くのは構わないが、その前によく調べてください。何しろ大金ですからね」

「ええ。三重チェックします。それと、一応、現金をウガンダに持ち込めるか？　ウガンダで上手く砂金取引が成立した後、道中無事に日本に持ち帰れるか？　それと税関に消費税の支払いの件を問い合わせましたら、今までアフリカから砂金を持ち帰ってきた人が大勢いましたが、皆さん騙されていたようです。と言われました」

「そうですか」

「それだけに一二〇パーセント成功する確信がなければやめます」

関は駐日ウガンダ大使館に問い合わせた。対応は至極親切だった。

『現金の持ち込みはダメです。砂金の輸出許可はインボイスがあればよいが、砂金の取引にはウガンダの会社が砂金売買の許可を持っている必要があります。ライセンスナンバーを教えてくれれば、大使館で調べてあげます』

「ありがとうございました」

関はすぐにウガンダのレジソンにライン電話を入れた。

「あなたの会社のライセンス番号を教えて」

『OK、すぐにファックスする』

関でも分かる英語だ。

「関君。資金のめどがついたので前日に指示してくれれば大丈夫です」

「これですべての段取りができましたね」

二日が経った。肝心のレジソンからのファックスが一向に届かない。金輸出ライセンスの確認のため、英語の堪能な友人を食事に誘った。

「僕の英語が伝わらんのや。頼むわ」

「分かった」

関はレジソンにライン電話を入れた。

「ハロー。マイ・テレホン、マイ・フレンド・チェンジ」

そして友人に代わった。

「関！　彼（レジソン）は英語力がなく、文法も間違いだらけですよ。意味がよく通じないです」

友人に言われた。それでも何とか伝わったようだ。

「彼はナイジェリア人で、今はウガンダに住んでいるのや」

「それでか」

と友人は納得した。

「彼の説明では、アクシデントがあってまだライセンスナンバーは送れてない、今週の金曜日に送る、と言っていたよ」

友人の英語は通じていた。

だが、金曜になったがやはりライセンスナンバーは送られては来なかった。

「結局は詐欺だったのですかね？　それか、私が慎重になりすぎて相手にされなかったのかもしれません」

関は、落胆を隠さず渡辺に告げた。

「いいや。こちらに問題はなかったはずです。数億円の取引です。失敗は許せません！」

「すいません。せっかく資金を……ご手配いただいたのに」

「いいえ。騙されるより良かったです。気にしないで。チャンスはまだあります」

渡辺は何もなかったかのように冷静であった。

(渡辺さんの資金力ってどのくらいなのか？　時々、誰かから携帯が入っているとき席を外しているが、相手は？)

「レジソンの件でサントスに連絡してみます」

ところが、サントスが音信不通になっていた。帰国後、仕事をしやすいように、渡辺の会社の名刺を作ってやった。

「名刺を悪用されませんかね」

渡辺の事務所で二人は対策を練った。レジソン、サントスとも連絡が途絶えた。唯一、ムススからは、ワン切りで何度も電話があった。『コンゴでの採掘権のためカネを送れ』である。

「そこは無視しておきましょう」

「はい。でもサントスとレジソンの二人同時に連絡が取れないのは……」

「そうですね。別の買い手を見つけたかもしれませんね。まあ、その時はその時です」

「とにかくサントスと連絡を取ります」

コンゴ民主共和国大使との食事

「パーティで名刺交換した駐日コンゴ大使に連絡してみます」

数十年前からアフリカ諸国大使館主催パーティが年一度各国持ち回りで催されていた。渡辺にコネづくりと勧められ気乗りしなかったが、関も参加した。渡辺が関の名前で招待されたパーティに祝い花を贈ってくれたせいか、関のキャラクターのせいか、彼の名前は各大使館に知れ渡ったようだ。

「ハローマイネーム・イズ・セキ。ハワーユー」

関の英語力はここまでである。

大使が電話口に出た。

『ソーリ。ジャスト・モーメント』

大使は少し日本語の分かる担当者と代わった。

「関と言いますが、大使を食事に招待したいのですが」

『ＯＫ！　大使は関のことを覚えていると言っています』

（嘘でしょう。たった一度会っただけなのに）

「では日にちと場所は改めてご連絡します」

『わかりました』

「さすが腐っても外交官ですね」

「それは言い過ぎですよ。でも外交官ってそういうものです」

渡辺が笑って答えた。

サントスの裏切り

二〇一三年四月一日、世間は新年度入りで希望に満ち、門前仲町界隈の通行人も明るい表情をしている。

サントスと三週間ほど連絡が取れず、レジソンとも連絡が取れず、砂金ビジネスは暗礁《あんしょう》に乗り上げていた。あきらめかけていた頃だ。携帯が鳴った。

『お久しぶりです』

サントスだった。

『ウガンダの首都カンパラとコンゴ民主共和国の都市ブニャンに行っていました』

「何度も電話していたのに。木材の話もあるし。何しに行ったん？」

『実は砂金を二〇キロ買ってきたのです。金価格がグラム四六五〇円だったので、単価はキロ二万三〇〇〇ドルです』

「誰と行ってきたんや？　まさか君ひとりではないやろ」

『日本人で古山《ふるやま》と言いますが。関さんには関係ないです。ただ、偶然、キロモトのルートができたのです。だから関さん！　今までのこともあるし、私が二～三回取引して間違いなかったらやってください』

（よくも平然と言えるな）

「そうか、そうか。だったら事務所でゆっくり聞かせて」

電話を切った後、疑問が生じた。

（ちょっと待てよ。いくら安くても砂金の純度が低かったら問題や）

サントスに尋ねようと電話したが繋がらなかった。意地になり関は一〇分おきに電話をかけた。

一時間ほど過ぎて繋がった。

「なんで出ない？」

『すいません。ずっとウガンダのレジソンと、話していましたので』

「連絡が取れているの？」

『彼らは悪い人たちです。もう彼らとは仕事をしません』

関は飲みかけたコーヒーカップを落としそうになった。

「えっ」

関は一瞬耳を疑った。

「だったらコンゴの金採掘はどうなるのや？」

『ダメだと思います。私は全部調べました。ミニスターもムススもレジソンも全員グルです』

「信じられんな」

『彼らは関さんと仕事をしたがっていましたが……』

「まさか。将校の一〇〇キロの砂金は？」

関の体から力が抜けていった。

『私たちは今回ウガンダに行って、レジソンに会って尋ねたのです』

「それでムススはどういっているの？」

『話していません。彼とは会う必要ないですから』

「おかしいがな」

『すいません、私の携帯、電池が切れそうです。家に帰って充電して、かけなおします』

「分かった。どのくらいかかる」

『一時間ほどです』

しかし一時間、二時間過ぎても電話が鳴ることはなかった。

眠れず午前三時を過ぎた。ダメもとで関は電話をかけるが繫がらず苛立ちが募《つの》る一方だった。うとうとしているうち夜が明けてしまった。日差しが窓のカーテンの隙間から関の顔をまぶしく照らしている。歯を磨き、顔を洗った。八時を回った。電話すると、やっと繫がった。

「今まで充電していたのか」

と苛立ち気味に尋ねた。

『ちょっと待ってください。関さんは、私におカネを一円もくれません。ウガンダでホテルのホールで知り会った、父親がエイズの娘には平気で五〇〇ドルプレゼントしたのに、私には……』

昨日とはまるで口ぶりが違った。

「なに言うてんの。君にはエアーチケット代三〇万円と経費一〇万円、それに滞在費と食事代、全て払っているでしょ」

『ソロモンは私におカネをくれました』

「おかしいこと言うね」

関は怒鳴りたかったが我慢した。

『関さんは私のことを信用してないし、おカネもくれないですし』

「僕は物事、カネで動くような人間は信用せんのです。その点、君は今回の仕事で成果がでれば、当然配当がもらえるはず」

数分押し問答が続いたが、国民性とでもいうのか、思考がまるっきり合うことはなかった。サントスは関に無料で情報を提供しないと言いたかったのだ。

「だったら古山さんと言ってたね。彼とはどういう条件なん？」

『ソロモンと私のコミッションは儲けの一〇パーセントです』

サントスは古山と関を天秤《てんびん》に掛けているのか。

『渡辺さんや関さんと一緒にいてもおカネをくれないですし』

「君のパスポート切り替えの経費や、そのための本国への旅費は誰が出したん？」

『ドック社とムスス、そしてミニスターはみんなグルです。彼ら三人が通じていて、ソロモンの機械を全てムススが売ってしまいました。ソロモンは手を引きました』

サントスが話題を変えた。

「今回の砂金の場所も全部嘘だということか？」

関は冷静さを保ちながらあえて尋ねた。

「最初の場所も嘘か？」

『ええそうです』

「まさか」

さらに尋ねた。

「将軍が所有していた一〇〇キロの砂金の話は？」

『レジソンはブローカーです。何の決裁権もないのです』

「信じられへん。しかしブローカーでも、砂金が本物で、軍が売ってくれるなら問題ないのでは？」

『…………』

「分かった。君が古山さんと組んだそうだけど。そういうことか？」

『…………』

(古山にレジソンの話を振ったのかも)

「どうして返事しない。渡辺さんにどう説明したらいいの？」

『とにかくやめましょう。それしか今は言えません』

一方的に切られた。

二〇一三年五月・月島に

四月一一日。関はサントスの件で渡辺に報告に来ていた。

「ソロモンとサントスの話に乗った結果、サントスの旅費、交通費を含め二〇〇万円が消えてしまいました。すいません」

「彼らは古山をスポンサーにして砂金の買い付けルートを開拓したみたいですね。結局、一銭の経費も使わず、私たちは利用されたようです」

渡辺は報告を聞いた後、しばし考えていたが、やがて関の目を見て言った。

「大丈夫です。必ずサントスはまた我々を頼ってきます」

渡辺の妙に自信のある言葉が気になったが、関は反論しなかった。

一か月近くが過ぎ五月の連休が終わってもサントスからは音沙汰がなかった。関はサントスに電話を入れてみた。

一発で繋がった。

『お久しぶりですね』

痺れを切らした関はサントスを食事に誘うことにした。

「久しぶりに焼肉でもどう？」

近況を確かめるため月島の焼肉屋に呼び出した。東京の月島は昔ながらの下町風情が残っている。佃煮《つくだに》の発祥地だったが今は面影もなく、もんじゃ焼き店が通りに軒を並べる観光スポットになっている。

「関さんはもんじゃ焼きが好きなんですか？」

「なんで」

「月島近辺に住んでいるなら、もんじゃですから」

「僕は関西人なんで。お好み焼きは関西風が美味いんやで」

「それで焼肉ですか」

「違う。君が豚足好きだったやろ」

一五年前にザイール（現コンゴ民主共和国）の大使ンガンバニー氏と関西の焼肉屋で食事した時のことだ。

「豚足はフランス料理では高級な料理に入る」

と言われたのを覚えていた。早速サントスに勧めた。サントスから情報をとるためだ。

「ところで、ウガンダから帰ってきたとき、古山さんと言っていたっけ。一キロ二万三〇〇〇ドルで、売却した差額の五パーセントもらうと言っていたね」

「いえ違います。儲けではなく二万三〇〇〇ドルの五パーセントをもらうのです。いくら古山さんが儲けようと、私たちには全く関係ないのです」

「あほな！　君とソロモンのコミッションは儲けの一〇パーセントじゃなかった？」

「今回知り合ったパートナーの古山さんは、人格者で気持ちよく支払ってくれるのです」

（なに言うとる。だったらコストだけで一〇キロ買ったら一万一五〇〇ドルと旅費とで、円に直すと一六〇万円ほどかかるやないか。見え見えの嘘言うな）

と口に出そうになった。だがこの場面で怒っては元も子もないと我慢した。

「分かった。君に尋ねたいのやが、今回の砂金の金の含有量はどのくらいなん？」

「私は知りません。コンゴに行って買い付けるだけで、私の仕事は終わりですから」

「そうか。でも聞いて、僕に教えてくれる？」

「分かりました。明日、赤坂の古山さんの会社で会議があるので、終わりましたらお知らせします」

二人の表情は穏やかだった。だが腹の中は違った。

「ところで君は確か、車のディーラーをやりたいといっていたけど」

関は話題を変えた。

「そうです。キンシャサの知人から車のオファーが時々来ているので、中古車の輸出会社をやりたいと思っています」

「だったら会社を設立せんとあかんね」

関はここでサントスに恩を売ろうと思った。

「よっしゃ。会社は渡辺さんに話して設立してあげよう。君は社名と会社の住所と電話番号を用意したらええ！」

「本当ですか？　有り難うございます」

お互い、腹に一物を持ちながらも、その夜は穏やかに別れた。

翌朝、サントスからの携帯で起こされた。

『関さんはムススにメールしているのですか』

「なんで？」

『ソロモンの現地妻の姉が私に連絡してきたのです』

「なんて？」

『ソロモンを差し置いて、関さんが直接、ムススと仕事をしようとしていると』

「あほな？　僕は言葉も分からんのに連絡する訳ないやんか」

とりあえず、とぼけてみせた。

『そうですか。分かりました』

サントスは納得したのかあっさり電話を切った。

サントスたちとムススが、何かの理由でもめているように関は感じた。関に入ってくる情報は、サントス経由である。全て嘘とは言わないが、信じられないことも多くあった。だから関なりにムススとコンタクトを取ったのだ。

事務所へ行ってから、渡辺と相談をした。

「渡辺さん。どうしましょう。レジソンとは連絡が取れませんが、ムススとは何とか。サントスだけの情報を信じるわけにはいきませんから」

ウガンダで結んだ砂金採掘仮契約の確認だけでも、する必要があった。渡辺と関の会社とアジリとドック社（レジソン側）との三社の契約は生きているはずである。

一）　エリアで採掘した全量の三〇パーセントはキロモト。
二）　各七パーセントはドック社とアジリ社。

三）残りの五六パーセントが関の会社。

四）ただし地元対策費は関側が払う。約六〜七パーセント。

五）関の会社が採掘エリアのライセンス料六万ドルと運営のためのコスト全てを支払う。

六）採掘エリアのための機械全てを関の会社が用意する。

七）ドック社が採掘エリアの補助をする。


以上が二〇一三年二月二三日の契約内容である。

その後、進展なく、六月も半ばになってしまった。彼らの色々な噂《うわさ》と変な行動が関の耳に入ってきた。

関は再確認のためムススに催促と質問状を送った。

一）アジリの役員に関が代表権のある会長として入ってもいいか。

二）ドック社がウガンダで持つ、金の輸出許可のライセンスのコピーを送れ。


だが待てど暮らせど、一向に返事がなかった。

「おかしいな。やはり大掛かりな詐欺なのか？」

六月最終日曜の午後、関はサントスをなんとか説得して、渡辺の事務所まで来てもらった。三人は険しい顔をしている。

「よくわかるように説明してくれんと」

サントスの説明に一貫性がないのだ。

「ソロモンとムススが仲直りして、砂金採掘を彼らだけでやろうとしています。また、ムススに騙されているのが分かっていても、砂金掘りを進めているようです」

「それって、僕らを出し抜こうとしているの？」

「分かりません。彼らがどう思っているのか」

「君。誰からの情報や？」

「ソロモンの現地妻の姉です」

「もともと何で知り合ったんや」

「前回一緒に行ったとき、ソロモンに紹介されたのです」

「君ら僕のいないとこで色々行動していたんや。歳はいくつ位なん」

「関君！」

渡辺の口元が緩んだ。

「歳は三一～三二歳です。実はムススが、ソロモンを探るために紹介した女性なんです。でも付き合っていくうち、彼女は良心がとがめたのか、ムススとレジソンの悪巧みをソロモンに正直に打ち明けました。ところがソロモンはレジソンの事を信じきっていたため騙されていると思わず、その彼女のことを信じず、怒り出してしまったのです」

「なんで君がそれを知っているの？」

「彼女からどうすればよいか、相談されたのです」

「それで」

「私はソロモンに事情を話したのですが、全く聞く耳を持たないのです」

「いつのことなん？」

「帰国前日です」

「そしたら、レジソンの家で会った、あの将軍と兵隊は？」

「関係はよくわかりませんがレジソンの知り合いと思います」

関の眉が吊り上がった。

「君は全て知っていて、帰国後も渡辺さんや僕に黙っていたんやな？」

語気が荒くなった。だが怒鳴りたくなるのを、やっとの思いで我慢した。

「それからソロモンはどうなった」

今までさんざん煮え湯を飲まされ我慢していたが、抑えられなくなっていた。

「日本に帰国後、少しずつ子供を諭すように説明してやりました。そしたら、やっと騙されてることが分かったようです」

「そうですか。まあ被害はなかったことですし、当初の目的であった砂金の採掘所に辿り着けたのですからよしとしましょう」

渡辺が飾り気のない言葉を告げた。

「それでいいのですか？　採掘場所も……」

関が渡辺に尋ねた。

「関さん、まだ続きがあるのです」

サントスが身を乗り出した。

「なんや」

「ソロモンはそれでも懲《こ》りず、今でもムススと何ごともなかったかのように連絡を取り合っているのです。彼らは同じ出身国同士ですからね」

「知るか」

席を立とうとした。

「ひどいですよ。まだ話は終わっていませんよ。私はまだあきらめていませんので、少し待ってください。古山さんのこともありますし」

サントスの余裕ある話しぶりが気になった。

「アフリカって広く、治安も悪いし、警官の汚職も日常の出来事。一部の人間は詐欺をしては数日間逃亡。ほとぼりが冷めると元の住処に戻ってくる。まるで詐欺が職業みたいや」

「みんながそうではないですよ」

「レジソンも詐欺の儲けで自宅を建てたかも。そう思えてしまうな」

無駄ともとれる空回りの会議であった。日も暮れ夜空にくっきりと輝く三日月が妙にさわやかである。

むなしさだけが心に残った関は、コンビニで五〇〇ミリリットルの缶ビールを買い、ワンルームの住まいに帰宅した。

「苦い」

久しぶりのアルコールだ。孤独を紛らわすためにテレビのスイッチを入れた。ニュースが流れていたが、関にとっては無意味な音が鳴っているだけだった。

「うまくいきそうでうまくいかない。このままでは智子に何もしてやれない」

焦りと不安感、そして孤独感が関の胸を締め付けている。

妻の死後、趣味だった競馬もマージャンもやめた。特にマージャンは妻の死に目に会えなかった原因となり、言葉にもしたくなかった。

(智子は、どうしているのやろう?)

携帯を取り出し娘のダイヤル画面をだしては消しての繰り返しが続く。

数分、携帯画面とにらめっこが続いた。

指が何度も画面に触れるが、最後の発信ボタンで止まっている。しかし、寂しさの誘惑に負け押してしまった。

呼び出し音が一度鳴った。胸の鼓動が大きくなりだした。静寂の部屋でコール音が一度大きく響いたような気がした。

だが、すぐに切った。

「よかった。縁は切れていなかった」

(智子!　ありがとう。僕をまだ父親としてどこかで認めてくれているのやな。本当にありがとう)

ビールが一口喉を通り過ぎた。味が変わっていた。

「ビールってこんなにうまかったんや」

味わえて飲めた。ごくごくと飲み込む音が部屋に響いた。

「ふー。うまい」

悲しくもないのに涙が口元に伝って来た。その味がビールの最高のつまみとなった。

翌朝の目覚めはよかった。関は自宅を出ると、渡辺の事務所へ向かった。

「おはようございます」

渡辺は自分で焼いたトーストとコーヒーの朝食をとっていた。

「いつもの方は？」

「いつまでも頼るわけにはいきませんから、週に四日、来てもらっています」

リハビリを続けていたおかげで、渡辺は車椅子なしで数歩歩けるようになっていた。腕には、ところどころ黒いあざがあった。毎日、一人黙々とリハビリに明け暮れていたのだ。

「何とかしませんと」

今朝の関の言葉にはハリがあった。

「焦ることはないです。人生一〇〇年です。今回はいい経験ができたじゃないですか。実際に他人の砂金採掘所ですが、見ることができたのですから」

「そうですね」

「じっくりやりましょう」

飲みかけたコーヒーを口に含んだ。

「そうそう。今日の午後、君に紹介したい人間がやってくるのでそのつもりで」

「はい」

関は一日おきに渡辺の居宅兼事務所に通っていた。前回の報告書の整理を始めるためデスクに向かった。

(早くこの手で砂金を握りたい！　このままでは……)

午後になった。

「紹介しよう。彼は外務省の小杉《こすぎ》君です。私の後輩で今後何かあれば相談すればよいです」

「小杉憲一《けんいち》です」

「関です」

五〇歳を少し超えた小杉は、品の良い黒縁の眼鏡をかけ色白、唇が薄く秀才タイプ。しかしがり勉風でもなく優しそうな雰囲気を醸し出していた。

「関君は私の私設秘書兼パートナーです。よろしく頼みますよ。小杉君」

「はい。僭越《せんえつ》ですが私のできることは何でも」

「二人とも固い挨拶はそのくらいで腰掛けなさい」

二人は互いに一礼し、座った。

「実はね。関君にウガンダとコンゴ民に行ってもらったのですが、私も彼も無知でね。ウガンダとコンゴ担当のアフリカ第二課長を紹介してやってくれないかね」

渡辺の喋りが官僚言葉に変わっていた。

「ええ。簡単なことです。明日にでもご連絡します。どちらにすればよろしいですか？」

「関君と直接やってください」

関が携帯番号を書いたメモを素早く手渡した。

「よろしくお願いします」

コネクションづくり

一週間が過ぎた。

大江戸線の門前仲町駅から六本木駅まで二〇分ほどで着いた。

地上に出た関は、急ぎ足で六本木交差点からロシア大使館の方向に向かった。周辺は国際色豊かな飲食店が立ち並び、店内から片言の日本語で行きかう人々に声をかけている。

「いらっしゃいませ！　お連れ様は到着されています」

『しゃぶ禅』に入ると店長が出迎えた。

「どうも、どうも。お忙しい時間にわざわざお越し頂き申しわけありません」

「いいえ」

小杉は穏やかな笑顔を関に返した。テーブルにはすでに三人が座っている。

「このアフリカ第二課長、岡田朝子《おかだあさこ》はODAに詳しく、関さんのお役に立つと思います」

「有り難うございます」

「初めまして。岡田です」

「関です。よろしく」

「そしてこちらはWWBの社長で龍《りゅう》さんです。彼は太陽光の仕事をしていて、アフリカに興味を持っています。関さんにご紹介すれば、何かのお役に立てるのではと思ってお連れしました」

龍はまだ四〇代前半くらい。若々しいオーラを発している。

「龍です。私はアフリカで何か社会貢献したいと思っています」

龍は目を大きく開き笑顔で答えた。

岡田課長はキャリアで四〇歳を少し過ぎた年か。関は妻の死後、女性と食事をすることがなかった。なぜか心臓の鼓動が速くなっているのがわかった。

「ところでODAに対して何をお聞きになりたいのでしょう」

質問しようにも目の前に座った岡田の胸の辺りが妙に気になっていた。ブラウスの隙間から胸のふくらみが少しであるが覗いている。関は生唾を飲んだ。

「ええ」

「失礼します」

肝心なところで仲居が注文を取りにきた。

「僕は生ビールの小。小杉さんは」

「私たちも生を」

仲居が出て行った。再開。

「そうですね。まずアフリカでのODA対象国ですが、コンゴはいかがですか」

「まだその時期ではありませんね」

冷たく一蹴された。第一の計画が微塵《みじん》にも崩れ去った。だがそんなことで引っ込む関ではない。

「私はウガンダの自治体と組み、職業訓練所を設立したいと思っています。特に土木建設機械の訓練学校を」

「ほう」

「自治体が運営、管理を担当します。そこにＯＤＡ絡みでブル、ユンボ、ローラーなど特殊車両を寄付してもらいたいのですが。難しいですか」

「可能性はあるかもしれません」

「道路建設はいかがですか。技術を会得した連中を使って道路建設をやります。当然ウガンダ政府からの要望書も出しますが」

「検討する価値はありますね。ウガンダであれば円借款が可能ですから」

ビールが運ばれてきた。

「とりあえず乾杯しましょう」

「ウガンダの首相に会いたいのですが、日本の大臣クラスの紹介状はいりますかね」

「副大臣クラスでいいと思いますが」

「では参議院選挙が終わりましたら具体的に動きますので、その節はよろしく。今のアフリカで日本政府としてＯＤＡを実行できる国はどこですか」

「正直難しい国々が多いですね。と言うのも国政が安定していませんので」

「私も何年か前にアフリカに赴任していましたが当時は治安がよくありませんでしたね」

小杉がアフリカ評を述べた。

「そうですか。じゃあビジネスは訪問したことのあるウガンダの首都カンパラに置いたほうが良いかもですね」

渡辺の意図した目的は一応達成した。

「さあ飲みましょう」

関は二人に酒を勧めた。

サントスの危機

ほろ酔い気分で帰宅したら夜中だった。

ベッドに入ると寝落ちしてしまった。携帯電話の音でたたき起こされた。

(誰やこんな時間に?)

携帯を見ると国番号二四三のコンゴだ。

「イエス」

不機嫌に返事をした。

『サントスです』

「どうしたん? ラインでせんの?」

『電波が悪くて携帯にしたのです。実は砂金が買えませんでした』

「何!!」

眠気がすっ飛んでしまった。

(何で? また、騙そうとしているのかも)

『実は最近、金の価格が上がってしまって一キロ三万六〇〇〇ドルでなかったら売らないと言うのです。粘った末に三万三〇〇〇ドルまでになったのですが、それでは約束が違うし、採算が合わないと突っぱねたら破談になってしまったのです』

「またか？」

意外と冷静だった。

（確かにこんな上手い話があるわけないとは思っていた。今一ドル一〇一円、金が一キロ四六〇万円の相場や。それが五キロで一二一二万円というのやから。仕切りなおしや）


一〇日前のことだった。

「私たちは古山さんと一週間後に砂金を三〇キロ買いに再度コンゴに行きます。良ければ……。それと私の旅費は要りませんので」

とサントスから関に打診があった。サントスは前回、古山という新しいスポンサーとコンゴに砂金二〇キロの買い付けに行ったと言っていたが、それが成功したのだと関は直感した。関は渡辺と相談の結果、すぐに一キロ二万四〇〇〇ドル、五キロ分の一二万ドルを渡辺が用意し、サントスに手渡した。そして関は「コンゴのキロモトの支社長に、ランタンをプレゼントして君のビジネスにして！」と土産を持たせた。

一二万ドルが無事、砂金に変わって戻ってくることを期待してのことだ。

関がランタンを知ったのはテレビ東京の番組の日経ワールドニュースである。このランタンは、太陽光パネルで充電、発電し、約六時間ＬＥＤランプが光るのだ。現在ウガンダでは、電気の普及率が二〇パーセントしかなく、三洋が加藤《かとう》ウガンダ大使に依頼され開発した商品である。彼はウガンダの国情を知り、新幹線の岐阜羽島《はしま》駅の近くにある三洋電機の工場に出向き技術者を説得したのだ。今どきの大使にしては立派な人物だと、関は思った。

関はそのランタンについて記者時代のルートで担当者を紹介してもらい、表向きコンゴの販売権を取得しようとサンプルを数個買った。

サントスがコンゴに出発して一週間が過ぎライン電話が入った。

『今、コンゴのブニャンについてキロモトとも無事コンタクトが取れました。安心してください』

「そうか。例のＬＥＤはプレゼントできた？」

『ええ大変喜んでいました』

「サントス！　ランタンは君のビジネスやから、ちゃんとコネクションをつくっておきな」

関の口調は優しさで溢れていた。だが、本心ではなかった。無事に日本に帰国するまでは波風立てたくなかっただけである。

サントスの帰国が待ち遠しく思えた。これが成功すれば本格的に砂金ビジネスのスタートとなる。念願の砂金が手に入る。渡辺の期待に応えることができる。はずだった。

「分かった。そういう事なら仕方がない。帰国日は予定どおりか？」

『はい』

携帯を切った関は酔いもさめ、眠気が吹っ飛んでしまった。

無事一二万ドルが返却されても、為替手数料、円を一ドルに替えるのに二円八〇銭、一ドルを円に替えるのに、また二円八〇銭かかってしまう。結果一二万ドルに対し一ドル五円六〇銭の為替手数料、何もせずに六七万二〇〇〇円損したことになる。

何があるか分からん。いろんなことを想定し、責任の所在をはっきりしておくべきだったと、関は悔いた。

「僕はまだまだ甘いし、世間知らずや！」

嫌な気持ちで朝を迎えた。睡眠不足のせいか、少し喉がいがらっぽい。

「風邪をひいたかな」

八時になった。渡辺に電話報告すると、その日は部屋で反省していた。

夜も更け眠りに入っていると昨日と同じ時刻に着信音で起こされた。着信番号を見ると、前と同じ二四三である。

『大変です』

サントスだ。一瞬、嫌な予感がした。

（こいつからの電話はろくなことがない）

『実はさっきホテルの廊下で警官とホテルの従業員が話しているところを見まして』

「何を話してたん？」

『日本人客の名簿を出せ。荷物を調べるから！　と言っていたのです』

「何か問題でも？」

『この国は警官も簡単に買収されます。ムススが手を回したみたいです』

（ひょっとして、預けた一二万ドルを懐に入れるための芝居なのか）

『関さん、警官が私の持っているドルを狙っているのです』

「古山さんは？」

『部屋が別なので分かりません。とにかく一度見に行ってきます』

携帯を切った。同時に携帯が鳴った。再び同じ国番号二四三からである。

「うるさいな。次はなんや。誰？」

二四三の後がサントスと違う番号だ。

「ハロー。ムスス？」

別人だった。

「ソーリ。ノー・スピーキング」

関は英語を話せないと返答。

『セキ、ウエン・コンゴ』

と繰り返すのだ。そして、

『マイ・テレホン・ノーチャージ。テレホン・コールバッ・プリーズ』

一方的に携帯を切られた。仕方なく、関は電話をかけた。

「ハロー。ウワイ？」

『オーセキ。アジリ・リメンバー？』

「イエス」

『セキ。コンゴ・カムイン。ウイル・ユー・カム・ツー・コンゴ？』

関と同等の英語力だ。アジリ社長に間違いなかった。

(今頃どうして僕に……)

関と組んで仕事をやりたいと言いたかったのだ。だが、彼がいかに真面目でも仕事ができる男か、関に判断ができかねた。それに関には考える余裕もなかった。

「サントスたちがコンゴのブニャンにきていることとムススは関係しているのでしょうか」

翌朝、渡辺に電話で尋ねた。

『おそらく彼の狂言でしょう』

渡辺の判断である。だが、関には責任があった。一二万ドルの回収である。

日本は安全大国

翌朝、外務省の海外邦人安全課から関に電話が入った。渡辺がすでに手をまわしていたのだ。

『日本人のお名前は分かりますか』

「古山大志《だいし》です」

『出国名簿で調べてみます。コンゴ駐日大使館に連絡を取り対処します。現地は深夜ですので、少々お待ちください……』

「分かりました。大使館のどなた宛に連絡をすれば」

『分かるようにしておきますので、古山氏の件と言ってもらえれば結構です』

渡辺の存在がなければ、ここまで官僚が迅速に動いただろうか。

サントスや古山の安否など、どうでもよかった。渡辺の一二万ドルの運命が一番である。

それでも、関はサントスに電話を入れてやった。

「サントス、外務省から駐日コンゴ大使館に連絡したから対処してくれるはずやから。安心していいよ」

『そうですか？　ありがとうございます』

サントスの携帯から伝わってきた声に元気がなかった。

「ところでアジリの社長から電話があったよ」

『まだ、関さんのことを諦めてないのですね』

成田空港

二〇一四年三月三日。関は朝から落ち着かなかった。サントスが帰国するのだ。

コンゴ駐日大使館は、古山、サントスの無事を確認してくれた。

（無事に一二万ドルが戻ってきますように）

窓を開け、どんより曇った空に向かって手を合わせた。サントスを一〇〇パーセント信じたことはない。上手く泳がせ利用したいだけだ。

午後になり関は知人を連れ成田に向かった。四時四〇分に着いた。空港内は人も少なく空いていた。

サントスが搭乗したのは、ドバイからのエミレーツと日航の共同運航便だ。到着は午後六時。

無事会うことができた関はレストラン階の寿司屋にサントスを連れて行った。

「一二万ドルは？」

「今回は本当にすいませんでした。日本から出発する時もウガンダに到着した時も、先方にちゃんと一キロ二万三〇〇〇ドルで三五キロ、大丈夫ですね、と確認したのですよ」

「古山さんも三〇キロは買えなかったの？」

「ええ。今回の件で私、危険を感じました。なので、ブニャンへはもう行きません。来月別ルートでボーマという都市に行きます。そこはキンシャサより発展していて綺麗です。なぜなら砂金も多く採れ、住民も金持ちだからです。私、必ず新ルート作ってきますので楽しみにしていてください。それとレジソンですが警察に捕まって数日勾留されていたらしいです。今は釈放されたみたいですが」

「それでドバイでアクシデントがあったと言うてたんや」

「ええ。そうみたいです」

関がビールグラスを口にし、勢いよくビールが喉を通った時だ。サントスの口の中は寿司がほぼ満タンで頬が膨らんでいる。にもかかわらずレーンから次々と皿を取っているのだ。

「おい！　サントス。君は仕事もできなかったのにタダ飯はよう食うね」

嫌みたっぷりに告げるが、おかまいなし。やたら食いまくっている。

「一二万ドルは無事でした」

トイレに行くと言って席を外し、渡辺に電話を入れた。

『よかったですね』

他人事のような冷静な言葉が返ってきた。

翌朝一番に渡辺の事務所に向かった。ドアを数回ノックした。

「おはようございます」

「ところで、関君、娘さんは元気にしているのですか？」

ドアを開けるとふいに言われた。面食らった関は一瞬返答に戸惑った。

「いえね。君が数か月前に昔の話をした時から気になっていましてね」

「お気にかけていただきありがとうございます」

「今、娘さんはどうしていらっしゃるのです？」

「分かりません。全く音沙汰ありませんし、噂では月島の看護学校に入ったことまでは分かっているのですが。その後は全くわからないので……」

（渡辺さんは一二万ドルより僕の娘のことを……）

「そうですか。よかったら娘さんのお名前を教えてくれませんか？」

「智子です。関智子と言います。恥ずかしながら……」

「そうですか。分かりました」

なぜ名前を聞いたのか不思議だったが、渡辺の人柄を考えれば問題ないと思った。

「これはサントスから返された一二万ドルです」

サントスが使った四〇〇ドルは関が補塡。

「また損させられました。実質の損はなかったですが、往復の為替手数料だけで七〇万円あまりが」

「ドルを円に換金しなければ三十数万だけです。しばらくドルを保有しておきましょう」

関は渡辺の冷静さに奥の深さを感じた。

「渡辺さんは腹が立たないのですか？　日本の銀行はどこまでずるいのですか！　今や小切手帳

も簡単に発行せず、支払はほとんどが振込みです。振込み手数料だけで、一体いくら儲けているのですかね。為替手数料も往復で六円近くかかります。六パーセントですよ。しかもドルを預けるだけで一ドルに対し二円、預けたドルを引き出すときも一ドルに対し一円八〇銭かかります。ホンマぼったくりです。財務省もグルですよ。ふざけとるとしか思えません。不動産の仲介手数料でさえ三パーセント。しかも千三つ、今では万三つとも言われているのですよ。にもかかわらず銀行は財務省出身の政治家にいくら献金しとるか知りませんが、あまりにも優遇されすぎています」

関は一気に不満をまくしたてた。

「ハッハッハ」

渡辺は苦笑いをするだけだ。

「ところでアフリカはやはり色々と問題が出てきますね」

「すいません。力不足で」

「関君を責めているのではありませんよ。ハッハハッハ！　こちらへどうぞ」

応接に案内され、関と渡辺は話を続けた。

渡辺の私設秘書となって一年半が経過しようとしていた。その間、何の成果もないなか、渡辺から毎月の給料が関に渡され、経費ばかりが積み重なっていった。

「春の隅田川沿いの桜並木は見事でしたね。この先、何度あの桜を見られることか」

歩きなれた道も季節なりに景色が変わっていた。

「あっという間に今年も連休になってしまったな」

関は自宅の部屋で予定もなく一人退屈していた。

「コーヒーが飲みたい」

小さな台所のガス台に火をつけヤカンを載せた。数分で湯が沸きインスタントコーヒーに熱湯を注いだ。

「さて、ゆっくり整理してみよう」

机にコーヒーを置き前に座った。

(ムスと社長は別々の思惑のはず。彼らのどちらかを利用せん手はない)

関は自問自答を繰り返した。

(彼らと一緒にビジネスをやるなら保険をどういう形で掛けるか⁉ 彼らの家族を人質に……)

目を閉じた。

「子供を日本に留学させる。昔の武家時代のように一種の人質か」

考えが頭の中を駆け巡った。

(ムスとアジリの社長が競争するように入れ替わり立ち代り連絡をよこす。もし彼らがグルだとしたら大した演技力や。僕がどっちと組んでも奴らは、儲けることができるからな)

関が経済記者時代、株式投資顧問会社を取材したことがあった。客を勧誘するテクニックで、同時に同じ銘柄をA客には「買いなさい」、B客には「売りなさい」と真逆の指示をする。その銘柄が上がっても下がっても、どちらかの客は必ず儲かる。結果五〇パーセントの確率で、その投資顧問会社の客になってくれるというのだ。これは一種の詐欺行為かもしれない。

「コンゴの奴らが同じ手口としたら、万国共通の詐欺師テクニックや。いくら僕でもやられてしまいそうや」

連休も最終日になった。関はカネもなく部屋に閉じこもりPCを見ていた。

その日の夜である。関の心中を察したのか偶然、夜中にアジリの社長とムススから入れ替わりで何度も電話がかかってきた。毎回かかってくるのは夜中である。八時間の時差（日本時間）はおかまないなしだ。しかもワン切り。関がかけないと何度もワン切り攻撃である。

タイミングよく出ると『コールバック。コールバック』と二人とも共通して一方的に喋ると切った。

『日本に行くから飛行機代を送ってください』

とムススの言葉である。

『ウガンダから成田まで二四八〇ドル。ギブミー』

「検討する！」

と答えるがその気はない。

〈今後、僕と一緒にビジネスをやりたいなら法的に順序を踏まなくてはならない。そして僕はゴールドビジネス以外も考えとるので、できれば一緒にやりたいが〉

関はムススに数度メールした。だが三か月が過ぎたが返信はなかった。

「やっぱり旅費の請求は騙しだったみたいです。油断も隙もない奴らですね」

「そんなものかもしれませんね」

渡辺には逐次報告していた。

それから数日が過ぎ、メールの返事が届いた。

〈どうして返事が遅いの?〉

〈すいません。今、アフリカはエボラ熱で死者が多く出て大変なのです〉

ムススの言い訳である。

〈そのニュースは知ってるけど。まあいいです。それで?〉

〈関さん。スポンサーになってくれ〉

関は無視した。渡辺も同意見である。

「彼らは法的な契約書を締結しても恐らく守らないでしょうね」

「そうですね。ストレスが溜まります。でもウガンダ訪問の際、レジソンに紹介された軍人に、二〇〇〇ドル払って封印を解いたボックスの一〇〇キロの砂金が気になりますね」

「本物でしたらね。しかも危険もあります」

国の裏のビジネスをみせた国軍は、関一人くらい抹殺するのは簡単と思われた。

「殺されるかも知れんな。ウガンダで産出されない砂金の売買をしていること、即ちコンゴの反政府軍との関わりが世界に知れれば……」

「少し早いですが、今日は帰宅していいですよ」

関は渡辺の事務所を出た。五時を少し回ったくらいだが、外はすっかり暗かった。

「今日も進展がなかったな」

ワンルームの自宅に着くと、関は上着を脱いだ。

携帯が鳴った。コンゴのアジリ社長からだ。現地時間は午前一〇時。

「おかしいな。いつもならワン切りやのに。ハロー」

『イエス。xvxbxbxbxbxb。いつ来るか？』

「アフターワンマンス、ウエイティング」

元社長も必死だった。砂金を採取するには関たちの協力が不可欠であった。だが、彼らは口先だけで、渡辺、関には確信もなく調査不足である。

メールが届く

夏も本番に入った。たまに吹く風も熱気をおびている。しかも国内数か所で四〇度を超えていた。道路から陽炎《かげろう》が立ち昇っているのが見える。毎晩熱帯夜が続き、クーラーを掛けっぱなしで体調を崩しそうだった。

グレイグからメールが届き、添付ファイルがついていた。関がコンゴの首脳に差し出す手紙を英語とフランス語に翻訳してあり、それぞれ大統領を筆頭に各大臣宛の手紙になっていた。

〈関は日本のコンサルティング会社の責任者で、貴国のためにビジネスをやりたい。

第一に砂金の輸入販売と砂金の採掘。第二にレアアースの採掘権の取得。そして住宅及び道路建設などを手がけたい。

これらの文章を各担当大臣宛に関側の会社の名前で申請した〉

関が前回送ったメールの最終確認であった。多少内容が変わっていたが、大筋問題なかった。全てグレイグのコーディネイトである。

関が昨年ウガンダで偽の砂金を買わされた一五万ドルのうち半分は彼が紹介した業者だ。

「もう一度、騙されてみましょう」

渡辺の顔はなぜか余裕があり、薄笑いを浮かべている。

「わかりました」

関はキンシャサに行くためのルートを旅行社に問い合わせた。エミレーツでドバイを経由してナイロビに行き、ケニア航空でキンシャサまで三時間、それか、成田からパリ経由でキンシャサへ。価格はそれぞれエコノミークラスで三〇万ちょっとと四一万円。ビジネスでは八三万円と九八万円。ドバイ経由が安い。

「パリ経由にしてください。万が一事故でもあった場合の補償です」

関は渡辺の指示どおりパリ経由で行くことに決めた。

あっという間に一週間が過ぎた。

「コンゴ政府からの招待状が未だ到着しないのです」

関は往復の日程が変更できない安いチケットを予約。出発の一〇日前には料金を支払わなければならない。コンゴ政府の招待状次第で今回の日程が変わってしまうのだ。

八月二九日になった。関はサントスに頼んでグレイグをせっついた。

「サントス！　どうなっているの？　こっちはスタンバイできとるのに」

コンゴの時差は日本の八時間遅れである。

「急ぐのや。構わんから何度でも電話してよ！」

命令口調である。

翌日八月三〇日サントスから携帯に着信。

『今から送ります。と連絡が来ました』

数時間後、関のPCにメールが届いた。添付ファイルが四点あった。総理大臣、国営砂金採掘会社キロモト、レアアースの担当大臣、その管轄土地公社の社長、各々宛ての申請書である。

「すべてがフランス語で、全くチンプンカンプンや。翻訳してよ」

これもまた、サントスに依頼。

『大丈夫です。申請書に判かサインをして返信してください』

「わかった」

すでに関の気持ちはコンゴに向いていた。

「渡辺さん！　小杉さんに電話してもよろしいですか」

「君の思うようにやればいいです」

関は外務省の小杉に電話を入れた。

「小杉さん。近々コンゴ民に行くのですが在コンゴ日本大使の紹介お願いします」

『わかりました。日程が決まりましたら連絡をください』

二つ返事で快諾してくれた。


八月の出発予定が九月七日になってしまった。しかも為替で円が安くなり一ドルが一〇〇円を超え一〇七円台に入ってしまった。

「皮肉なものですね。円に換えなかった一二万ドルですが九円ほど為替差益が出てしまいました」

「サントスが砂金の買い付けに失敗したときの一二万ドルですね」

「そうです。今回は手持ちのドルです」

封筒に入った五万ドルを手渡された。

内ポケットにしまい、翌日出発の用意のため、早々と自宅に戻った。

ドアを開けた。携帯が鳴った。知らない番号である。

「もしもし」

『こちらエールフランスですが、明日の出発時間についてお知らせです。一一時五〇分が一三時五〇分に変更となりました』

(トランジット時間が二時間短縮できラッキー)

数時間後、『パリからキンシャサに向かう飛行機も二時間遅れになります』と再度連絡である。

翌日、関は知人に成田まで車で送ってもらうことになった。

門前仲町から成田までは一時間少しの距離。余裕を見て一一時に出発。東関東自動車道の成田出口に差し掛かった。携帯が鳴った。

『申し訳ありません。再度一三時五〇分発が一五時に変更となりました』

「日本の飛行機以外は時間を守らんのが多いね」

知人も同感だった。

一抹の不安を抱きながら一二時過ぎ成田に到着。知人と食事を済ませ搭乗時刻になった。

(連絡すべきところは済ませたな)

飛行機に乗り込んだ。同行のサントスはすでにエコノミー席に搭乗していた。

「何やこの席は？」

エールフランスのビジネスクラスはエミレーツより席が狭く窮屈。

（何度も出発が遅れたのにこの狭さは！）

我慢して七Kの席に。リクライニングになっているが、足は延ばせず国内線のＪＡＬのＪクラスより少し広いほどである。後の祭りであった。

ウエルカムドリンクのシャンペンが出てきた。

「ぬるい！　何！　全然冷えてない！」

運んできた金髪のＣＡを睨むが無反応。関の眉毛が吊り上がり怒りが込み上げる。

「形式的なサービスで気遣いが全くない。出発時刻も当初一一時五〇分が一三時五〇分になり、出発当日には一五時、再度ギリギリ間際に一五時三〇分に変更になるし」

しかし関はＣＡに文句は言えなかった。言葉の壁だ。

数時間経つと、機内温度の低さが気になりだした。冷房が利きすぎ、風邪をひきそうになるが、客は文句も言わない。

（クーラーサービスはいらない。もっと食事や飲み物に気を遣えよ）

心の中で叫ぶが、英語が出てこない。

食事は離陸後すぐと、パリに到着する二時間前の二回。

（高い料金やのに、肉は臭くて食えん。正直もう二度と乗らんからな）

第五章　交渉始まる・密輸万歳

成田を出発して二四時間。長旅の末、キンシャサに到着。

「何度目の訪問やろう」

タラップを降り、大きく深呼吸をする。しかし、空気はよどんでいるようで途中でやめた。

「ア〜、不味《まず》い！」

コンゴ民主共和国の空気は、乾燥気味でホコリっぽかった。地面はところどころひび割れた古ぼけたコンクリートの絨緞。しかも太陽の光がやたらまぶしく目に入ってくるのだ。

「太陽は全世界平等に照らすのやな」

降りる客は見渡す限り黒人ばかり。時折、見かける白人のビジネスマンが珍しく映った。

無事入国審査を終え、関は荷物を受け取り、出口へと向かった。サントスが一〇分後に合流した。

「僕の荷物はすぐに出てきたよ」

「関さんの荷物は、ビジネスだから早いのですね」

「僕はベンチで待っているから」

サントスの荷物は待てども出てこず、結局最後のカーゴにあった。待つこと一時間と三〇分。

（意外と美人の旅行客はおらんな）

しかし、関は面白いことに気が付いた。荷物を持ち出している客のバッグの大きさだ。大人の人間が優に入るバッグを数個、個人の手荷物として持ち込んでいるのだ。

「サントス！　この国は入国の荷物検査はせんのか？」

「はい」

「彼らの荷物の中身は、何が入っとるのか興味津々やわ」

「税関職員は、荷物が本人のものか確認するだけです」

「密輸万歳！　やね」

グレイグが空港玄関に迎えに来ていた。

「関さん！　日本への国際電話代は高いですから、ラインの通じない海外や、こちらからかける場合は、コンゴ民の使い捨て携帯を一五〇〇円ほどで買うことです」

サントスが思い出したように言った。

「わかった。確かに日本の航空券と国際電話の高いことはどう考えてもおかしい」

と関は同意。即座に空港でプリペイドカードと携帯を買った。携帯といっても、手のひらに隠れてしまう小さなサイズで通話機能しかない。

「では行こうか」

アナログ携帯を買い終え二人を促した。荷物をトランクに積み三人は車に乗り込んだ。

「よく混んどるね」

空港を出て数分走った国道だ。

「今、市内に入る国道が工事中なのです」

数百メートル先まで車が数珠繋《じゅず》ぎになっていた。

「日本の会社が工事しているの？」

「いいえ。中国企業です」

よく見ると中国語で会社名が入っている産業機械と、中国人がやたらと多く目に付いた。

「あれ？　日本語で書かれた重機もあるけど」

「関さん、ここからは日本企業が工事をしていますよ」

「会社の名前は」

「もう少し行けば名前が出ています」

一〇分ほど走った。

「北野《きたの》です」

サントスが話しかけてきた。

「北野？」

関は、北野武《たけし》の映画のコマーシャルでもやっているのかと思った。

「さっきの道路工事会社の名前です」

「そうか」

「ウガンダにも日本企業が進出していましたね」

「確か銭高組《ぜにたかぐみ》と思ったけど」

コンゴでも日本の会社が頑張っていた。

「やるやん！」と心のなかで拍手を送った。

「関さん、着きました。空港からホテルまで三〇ドルです」

平然とグレイグが言ってのけた。タクシーだった。市内までは空港から二五キロほどだ。

「えっ！　グレイグの自家用車と違うの？」

今更、文句も言えず、関は言われるまましぶしぶ払った。グランドホテルに到着すると、見知らぬ男がサントスに近づきハグを始めた。

「誰？」

「私が以前ここでレストランを経営していた時の社員です」

「何しに来たん？」

「私たちが滞在中、雑用をしてもらいます。一応大学では会計学を学んでいたんです。私が八年前に店を閉めた後、港で輸入業務をしていたらしく、昨年父親を亡くし、キンシャサに戻ってきたのです」

「外見の感じでは真面目そうに見えるね」

「彼は四五歳で四人の子持ちです」

「そうか。どうせ現地の人間を一人雇うつもりだったから」

（滞在中によく観察すればええか！）

関は三人と別れ、部屋に入り荷物の整理を始めた。部屋電が鳴った。サントスだ。

『関さん、おなかは空いていませんか？　食事に行きましょう』

「わかった」

すぐに歯を磨き、日本から持参のうがい薬でうがいを済ませ、エレベーターで一階に降りた。洋風レストランに向かった。

「おっ。日本人がいるね」

「違います。韓国人か中国人です」

「声をかけようと思ったのに。さすが、世界の果てまで中国人はビジネスに来とるね。日本人も見習わんと」

見渡せば二人連れや三人連れ、それに一人で食事をしている。他にもインド人らしき客もいた。日本人は関一人である。

「日本はコンゴ進出が出遅れとるね。安全やのに進出に慎重すぎるのでは」

食事は安心して食えるのは、豆を煮込んだスープのみ。手羽先に人気があるというので注文し、一本を口に入れた。

「なにコレ。骨と皮ばかりで肉は少しもついてない。スープの出し殻にしたほうがましでは」

口に含んだ手羽先を吐き出し、ティッシュで包み込んだ。

「明日の午後から、私の知人を集め、自分の部屋とコーヒーショップで交互に会いますので」

金鉱山会社と面会

「起きた？　朝飯を食べよう」

眠い目を擦りながらサントスを誘った。

「腹を壊したみたいです。すいません」

（ラッキー！　朝飯代が浮いた。大体、生意気なんや。渡辺さんと僕のカネで僕と同じ高級ホテルに泊まり、同じ高級レストランで食事なんて）

ずっと関の胸のうちは不満で一杯だった。

（天は我に味方するや）

「一〇時半にグレイグが一階のロビーに来ます。一一時に鉱山会社のキロモトに行きますので」

「腹は大丈夫なのか？」

「何とか」

関はスーツに着替え一階のロビーに降りた。すでにグレイグとサントスが待っていた。グレイグの額から大粒の汗が流れている。

「今着いたのか？」

「はい。約束の時間に間に合わないので、すぐに行きましょう」

通りでタクシーを拾った。ホテルの専属タクシーは値段が高いからだ。ホテルから三〇分、タクシー代が三〇〇〇コンゴフラン。着いたところは、関が想像していた会社と大きな差があった。一〇〇〇坪程度の敷地に古びた二階建ての木造建築が数棟。後から分かったことだが、この会社の歴史は古く、一九〇三年ベルギーの植民地時代に設立された。

「火をつけると、よく燃えそうや」

「関さん！　馬鹿なこと言わないでください」

サントスが口を尖らせて目を吊り上げた。グレイグを含めた三人が、本館の薄暗い待合室に通され一〇分ほど経過した。

「カメラマンが記念写真は要りませんか？　と聞いていますが、カメラは持っていますか？」

サントスが問いかけてきた。

「携帯に付いとるけど」

関は撮影を断った。

「分かりました」

担当者がそばにやってきた。「どうぞ」と別室に案内される。

「コンゴ政府の砂金を一手に扱っているマカバ・ミッシェル社長です」

両袖の大きな机に座っていた大柄の太った男が立ち上がった。グレイグが関に紹介した。机の上には小さなミニチュアのコンゴ民の国旗が立っている。

「国営企業だからか？」

するとマカバが白い歯を覗かせ関に握手を求めてきた。

マカバの身長はそれほど高くはなく一七〇センチに満たないが、腹が大きく出っ張っている。髪は黒人特有の縮毛だが、眉毛は黒く太く血色が良い。

「ようこそ！　はるばる日本からおいでになり、ありがとう」

笑顔で関にハグの挨拶。気持ち悪いとも言えず素直に受け入れてしまった。

「ハウ・ドゥー・ユー・ドゥー」

関も愛想笑いで返した。すると断ったはずのカメラマンが、関と社長とが握手しているシーンを撮り始めた。

「サントス。これって何？　タダやろうね」

尋ねられたサントスは口をつぐみ両手を開き、首を窄《すぼ》めるだけである。

キロモトの社長は自分の両袖の大きなデスクに座ると、関に目の前の椅子をすすめた。

関が座るのを確認すると、キロモトのスタッフ数人がサイドに陣取った。

「私は貴社と砂金のビジネスをやりたくてここにきました」

関は少し緊張気味に話しだした。双方の通訳は、サントスが担当である。二〇分ほど商談が続いた。

「ＯＫ、分かりました」

関と社長は大筋で合意に達し、二人は記念写真をふたたび撮った。

「私はここで失礼します。あとはスタッフと打ち合わせてください」

社長はドアまで見送り、握手をすると、早足で建物の奥に大きなお腹を揺らしながら消えていった。同席したスタッフと関たち三人は薄暗い廊下を通り、別棟の会議室に移動した。

その部屋は広く、八〇～一〇〇人が会議できる広さだ。しかし、窓がなく照明も薄暗い。おそらく現地の人々は照明が暗くても、よく見えるのだろう。

「では先ほどの話を詰めましょう」

キロモトの弁護士も商談に加わった。

「ミスター関は何が希望ですか？」

会議がスタートするが、お茶もジュースも出ない。

「貴社の所有する砂金の採掘権が欲しいのです」

「ＯＫ。ミスター関の条件は？」

「キロモトが砂金鉱山及び採掘できる土地を提供し、私たちは機械類のハードやランニングコストを全て負担します。そして、採取された砂金の三〇パーセントを貴社に支払います」

スタッフ側の視線が関一人に集中している。

「ＯＫ！　少し待ってください」

弁護士を含めたスタッフが協議しだした。一〇分ほど経過した。

「サントス。喉がさっきから渇きどおしや。お茶でも買ってこいよ」

「すいません。日本みたいに自動販売機がないのです」

「そうか。我慢するわ」

スタッフに動きがあった。

「投資方法は三種類あります。第一の方法は機械、コストは全て投資側の負担。その代わり採取された砂金の三〇パーセントが弊社の取り分。期間は一年で毎年自動更新となります。第二の方法は投資者が開発機械を持ってきて、もちろんコストも投資側が払う。投資金額の三〜四倍を回収したら、そこで契約は終わる。最後の第三の方法は単純に投資側が持ってきた機械を弊社側が買い受ける。この三つです」

「私は第一番目を希望しています」

即座に関が回答した。だが、期待に反し返答は意外なものだった。

「第一番目はメジャー企業のみとなります。貴方の会社は世界的な金の売買会社ではありませんね。その場合契約ができません」

（ちょっと待った。第二、第三はキロモトにとって都合のええことばっかりや）

日本語が連中には理解できないから、口に出してもよかったが、口から出たのは別の言葉だった。

「ＯＫ！　二番目でも構わない。その代わり投資金額の数倍を回収した後、その採掘場で採取された砂金を、投資側が全てスペシャルプライスで買い取るというのはどうです？」

六人のスタッフが協議を始めた。

「ＯＫ」

時間はかからなかった。スタッフのリーダーが答えた。

（我ながらうまくいった。金価格が二月には一グラム四二〇〇円台だったのが、九月現在一グラム四六〇〇円を挟む価格にまで上昇している。もし半額で買えたら、十分利益が出る）

関の咄嗟の判断で合意にいたった。

高官との面談

あっという間に一週間が過ぎた。

富永《とみなが》コンゴ民主共和国大使には数回相談していた。

「とにかく日本の物差しで考えてはだめです。この国の人には失礼かもしれませんが〝泥棒と思って接すること〟です！」

会話の終わる最後には決まって同じ言葉を言われた。

今日は九時半から首相との面会だ。グレイグのはからいである。ホテルから一歩外に出ると、眩しい太陽の日差しが、関たちの三人の体を容赦なく襲ってくる。ホテルからいつものように一般タクシーを拾い、運転手と料金交渉から始まる。たいてい三〇〇〇コンゴフランで落ち着く。ただしタクシーといっても、ドアの取手が潰れていたり、フロントガラスにはひびが入っていたりしている。日本では廃車になる車がタクシーになっている。

時間どおり関たちは、首相官邸の玄関に到着した。官邸の入口は鉄パイプ製の門で護られ、肩から自動小銃を下げた数人の制服警官が厳重にガードしている。

「さあ入ろか」

と関が入口に向かった。

「ノン。こっちです」

と二人が、道路を挟んだ反対側の建物を指さすのだ。

「えっ、こっちと違うの？」

「いいえ。秘書官はこっちです。首相に会う前に話を通すのです」

「首相と面会するのでは？」

関は二人に分からないように舌うちした。案内された建物に入ると暗く、カウンターに受付嬢が退屈そうに座っていた。連絡済だったのか、簡単に入室手続きは終わった。

「この建物の中は暗いけどどうしてなん？」

「電気が貴重なのです」

「そうか。将来、売電ビジネスもありやね。心に留めておくわ」

案内された部屋はやはり暗かった。入室すると片言の日本語で「コンニチハ」と手のひらサイズの顔をした二人の男が、愛想良く関たちを出迎えた。背の低い男は首相第一秘書官、もう一人はアシスタントである。

「私は昨年沖縄に行き、会議をしてきました」

背の低い男が満面の笑みで話しかけてきた。関も笑みで返し、用件に入った。

「サントス。まず僕の言うとおり通訳して。その後、キロモト、サキマ（国営鉱山会社）で僕が話したことをまとめて話して頂戴」

「分かりました」

「まず今日は忙しい中、時間を取っていただいて有難うございます」

「ウイ」

「まず私がこちらの国を調査しました結果、正式に会社を設立できても、採掘しようとすると、必ず政治家やこの国の要人が現れ、許可を欲しければカネを出せ。といわれると聞いているのですが」

秘書官は黙って関の話を真剣に聞いていた。

「ミスター関！　それは過去の話です。今の大統領や政府は今後二〇三〇年までに先進国並みの国作りを目指しています。そのようなことは決してありません」

「しかし、私の聞くところによると、今の政権は清潔すぎて利権がなくなり、不満を持っている政治家が、裏で画策をしていると聞いたのですが」

相手にとって耳の痛い話である。

「私は、過去に何度も騙されました。だから、全ての疑問が解消されない限り、投資する気はないのです」

関の真剣な口調は和やかな部屋のムードを一掃した。

「私の国の大統領や首相のことは、あなたの国の大使に聞いてもらえば、よくわかると思います」

（ちょっと待って。その大使が最初はいいが最後にしっぺ返しを食らう、と言うてるのやで）

と言いたかったが、外交問題になってはあかんと喉まで出かかった言葉を飲み込んだ。

「そうですね。昨日、富永大使と私は昼食をしました。現政権は真面目に国づくりをしている。が、まだ気をつけないといけないところもある。と仰ってました」

秘書官はサントスの通訳に頷いていた。

「私はコンゴでよい仕事がしたいのです。日本の大手は、正直まだ貴国に進出することに二の足を踏んでいます。私は中小企業の責任者ですが、日本でいろいろなコネクションを持っています。まず貴国が私のビジネスをサポートして成功させれば、私が本国でＰＲできます」

関は相手の目をしっかりと見据えた。

「今のコンゴはフランスや米国、中国などが危険と言って悪宣伝をして、利権を他国に奪われないようにしているのです」

「私も同感です。イラクがいい例です」

秘書官はネクタイを締めなおし、ゆっくり話し始めた。

「ユダヤ資本が自分の利害のために、某国のことを危険だ！　危険だ！　と報じ、他国が入ってこないうちに利権を手中に収めた経緯がありましたからね」

「確かにあなたが言っているようなことはあります。もし私のビジネスを成功させてくれるなら、お返しに私が貴国の役に立つことをお約束します。いくら国づくりといっても国民が飢えていては政府に不満を抱き、暴発してしまいます。そのためにはまず、国民が飢えない制度を作らなければなりません。日本の農業技術を使い、貴国の土地を有効利用して、それぞれの地域に合った農業をお手伝いすることができます。私もそういう意味で、日本の真面目なビジネススタイルをお見せしたいと思うのです」

「OK！　分かりました。首相に伝えます。そして正式にアフリの社長を紹介します。その会社は弁護士や大学の教授の集まりで、わが国でビジネスを行う上で、コンサルティングから申請書類作成、許可に至るまでやってくれます」

そう話し終えると、秘書官はすぐに携帯を取りだし、誰かに関の会社と関の名前を伝えた。関たちは数分で、その事務所を離れ、ホテルに戻り遅い朝食をとった。

「今日の話はどう思う」

関が二人に尋ねた。

「ちょっと言いすぎたかな？」

と尋ねると、二人が口を揃え、

「いいえ、関さんはコンゴの為を思って話しています。真面目にビジネスに取り込もうという姿勢が見えたので好印象でしたよ」

「そうか」

関は交渉術を心得ているつもりだ。それなりの自信があった。

「ところで今から君たちはどうする」

「サキマの社長が、金曜日に関さんと話し合う前に細かいことの打ち合わせを、と言っていましたので行ってこようと。そしてキロモトにも行ってこようと思っています。行っていいですか？」

サントスが了解を求めてきた。

「ええことや。君たちの行動費や」

そう言ってポケットから二〇〇ドルを取り出し、グレイグの見ている前でサントスに手渡した。別れた後、関は部屋に戻った。とりあえず、日本の渡辺にライン電話を入れることにした。関はベッドに座り姿勢を正した。

「すいません。夜分に」

『何か連絡事項はありますか？』

キンシャサ時間午後二時、日本は夜一〇時である。

「今のところ問題ありません。静かなくらいです」

『分かりました。体に気を付けて頑張ってください』

一通りの報告を終えライン電話を切った。関はベッドで浅い眠りについたが携帯の着信音で起こされた。

『今、帰りました。報告しますので、一階のレストランに来てください』

サントスからだ。

「分かった。すぐに行く」

眠気より欲のほうが勝っていた関は、手際よくジーンズを穿《は》きシャツを急いで着た。

一階のレストランで会うと、サントスとグレイグの目が窪んでいるように見えた。

「疲れているようやけど」

ねぎらいの言葉をかけた。彼らがいかに多くの会談をしてきたか予想できた。グレイグの報告をサントスが翻訳する。

「今日の話で分かったことはコンゴから砂金を持ち出すには政府が運営する組織の鑑定書が要ります」

「鑑定は無料なの？」

「鑑定料と称し、持ち込んだ砂金価格の一パーセントを徴収され、国外持ち出し許可証を発行してくれます。そしてその砂金を扱えるのは国がライセンスを与えた企業のみ。インボイスを発行できるのです」

「ややこしいね」

「そのライセンスは昨日会った秘書官から三万ドルで許可を取得してあげる、と提案されました」

グレイグが目を大きく開き話す。

「サントス！　そんな大事なことを何でもっと早く言わんの？」

「すいません……」

顔を下げ関の視線から顔をそむける。

「払うのはいいが、全て正式でなかったら駄目や。支払い明細をはっきりして、申請料と手数料の区別を明確に提出して」

と指示した。

(やはり秘書官もきれいごとを言っていたが最後はカネか！)

「ウイ」

グレイグが返事をする。

「僕が秘書官と話したとおり、全て正式に進めようといったはず」

との言葉も付け加えた。二人は関の提案に大きく頷いた。

「腹が減ったね。飯を食おう」

レストランに行き、関はチキンと魚を注文。サントスが飲み物のファンタを注文した。運ばれてきたのは日本でもおなじみの小瓶である。

「これっていくらするの？」

「六ドルです」

「六ドルっていうことは六四〇円か。えっ、そんなに高いん。日本では四〇〜五〇円や！」

ボーイに肩をすくめて尋ねた。

「フロントの黒服に聞いてください」

愚問だった。ボーイには価格決定権がないのだ。

「コンゴってぼったくりや」

二人のコンゴ人も自分の国籍を忘れ、関の意見に賛同するようになった。

現地法人立ち上げ会議

帰国後、関は時差のため二〜三日自宅で休養した。

「お帰り。疲れたでしょう。二週間も大変でしたね」

「もう時差ボケもなくなりました。休んでいる間、グレイグからメールが届きました」

グレイグから、コンゴでの会社設立書類が送られてきた。

「社名はサムライコーポレーション。出資額は三〇〇〇ドル、渡辺昇平四五パーセント、私の出資分は、子供名義にさせていただき、智子三五パーセント、サントス、グレイグたちコンゴ人たちに合計で二〇パーセントにしました」

「会社の住所は？」

「とりあえずグレイグの勧める弁護士事務所を仮住所にしました」

「そうですね。まずは最少資金でいいと思います」

株式出資者の名簿作成に取り掛かった。

「現地法人設立には、現地の人間に株式の二〇パーセントの所有が義務付けられています。彼らは権利だけ主張、決してカネを出そうとしません」

一七ページにわたる会社設立書類の上下、左右計四箇所にサインが必要だった。そして、渡辺が社長のサイン、関が娘の判を押し、グレイグ（弁護士）宛ての委任状にサインをした後、コンゴ民主共和国駐日大使館に提出。公式書類一枚に五〇〇〇円の手数料が必要であった。書類が整い、ＤＨＬでコンゴ民主共和国のグレイグに発送。料金は八〇〇〇円弱、月曜日に出し金曜日には到着する。

「書類は全て発送しました」

「次の連絡を待つだけですね」

渡辺は満足げだった。


『書類がキンシャサに到着しました』

サントスから電話で報告が来た。

関と渡辺は安堵の表情になり、大きく深呼吸した。

「関君！　今日は天気もいいので外に出たいのですが」

「それはいいことですね」

最近、渡辺はリハビリを兼ねて、関のいない時も時々介護士に車椅子を押してもらって外出していた。

隅田川の散歩道は桜並木で、春には大勢が桜見物に訪れる。今は、ランニングする人々が気持ちよさそうに、初秋のそよ風を受けながら二人のそばを通り抜けて行く。

「やはり外の空気はおいしいですね」

秋空は快晴に近く、まばらな雲がゆっくり移動している。

「早く歩けるようになればいいですね」

渡辺の半袖のシャツから出ている腕に残る、多数の傷跡が痛々しく思える。

「天気のいいときは、これからも四季を味わいましょう」

「ありがとう。お願いするよ」

事務所に戻った二人の笑い声が明るく響いた。

その夜、思惑どおりに進んでいないことが分かった。

「グレイグってホンマに弁護士か？」

事務所からの帰り際、関はサントスからの電話報告に切れていた。

『すいません。グレイグから連絡で各自のパスポートの写しと、渡辺昇平社長の写真を二枚、そしてA四の紙の四隅に渡辺のサインと判を押してメールしてやってください』

「ちょっと待って。なぜ最初に言わなかった？　彼は弁護士なら、当然最初から必要書類のことは分かっているはず。コンゴの弁護士って素人なん？」

関はキンシャサの日本大使館での富永大使の言葉を思い出した。

『コンゴの弁護士は自分で名乗れば、誰でもなれるのですよ』

関は、いくらなんでも考えられないと思っていたが、大使の言葉に真実味が出てきた。

『すいません。彼は会社を設立したことがないかも……』

「あほな。だったらそんな男を紹介するなよ。君の友人ってロクなやつがおらんね。君の方が賢いやないか」

サントスにへそを曲げられては困るから、少しおだてた。

『すいません。私もそう思います』

「君の友達ってあほばかりやね」

関は毎月、渡辺の許可を得て、グレイグに五〇〇ドル送金していた。とにかく再度書類を作製しなければならない。二人のパスポートのコピーは簡単であった。だが渡辺社長のサインと判は白紙判を押せと言ってきた。

「サントス。オフィシャルの白紙書類に、君がサインして僕がその白紙書類に君にカネを貸したと書いたら君は僕に払わなあかんのやで」

少し間があいた。

『そうですね。関さんが言うとおりです。私は今から仕事ですので、夕方の五時にグレイグに電話してみます』

「分かった」

関は事前に、サントスの元従業員に市場調査費として二四五〇ドルを送っていた。目的はキンシャサからワッシャ、ブニャン、キサンガニの砂金鉱山のある各都市に行き、現在の状況、砂金がどれだけ採取されているかを知るためである。関も今回は慎重だ。一歩一歩着実に進まなくてはならない。

会社設立

一一月五日、朝から大雨が降っていた。

〈サムライコーポレーションが法務局で受理されました〉

グレイグからのメールが入っていた。

「渡辺さん。メールで送られてきた受理書類と、受理印が本物かを確認しませんと。パスポートまで偽造する者もいますからね。再度確認のためキンシャサに行ってきます」

「そうしてください。最終段階ですからね」

渡辺は軽くうなずいた。

「僕が初めてザイール（現在コンゴ民主共和国）に行ったとき、現地の六〇キロ×一〇〇キロの土地を買いました。しかし数年後に分かったのは、土地権利書は真っ赤な偽物で、国印やサインの全てが偽造だったのですよ。他国の悪口は言いたくありませんが……。コーヒーを淹《い》れてくれますか！」

「はい」

関は台所に向かった。五分足らずで湯が沸いた。

「ホットコーヒーが入りました。サントスとグレイグは失敗しても何のリスクも負いませんからね。サントスに電話を入れてみます」

携帯は二度のコールで繋がった。音声を渡辺にも聞こえるようにした。

「サントス、君の元従業員に連絡して頂戴。一日に送金したから、予定では二日に着金しているはずや。早く調査をスタートするように」

『分かりました。すぐに電話してみます』

関は期待しながらサントスの返事を待った。

翌日サントスから電話が入った。

『すいません。元従業員はまだキンシャサにいます』

「えっ！　なんで。もう今日は六日やで」

『カネを払っていなかったので、飛行機の予約が取り消されてしまったそうです』

「ちょっと待て。予定が変わったなら、どうして報告しないのや。自己判断で決めるなら、全て彼自身が責任を取れるのやね」

『すいません。自分もどうして報告してこないのか理解できません。よく言っておきますので』

「君の知人って、全てそんな人間ばかりやね」

『一〇日に出発することになったそうです』

(期待はずればかり。日本の感覚で付き合うことはできないな)

一方グレイグとはメールで最後の書類の詰めを行っていた。

〈日本人の現住所を送ってください〉

(本当に手際の悪い奴らや。それでもここまできたら我慢して付き合うしかない)

渡辺には細かいことは報告しなかった。

現地調査の途中経過

サントスの元従業員がキンシャサを出る日になった。夜一一時過ぎに、関は自宅からサントスに電話を入れた。

「サントス！　元従業員から連絡はあった？」

『ええありました。今、空港と言ってきました』

「おい！　今って現地時間の一五時やろ。予定より遅く着いているがな」

顔をしかめる関は、元従業員がずぼらをこいてキンシャサを遅く出発したと思えた。

『いえ、コンゴでのローカル飛行機には、よくあることです。行き先が決まっていても、乗客が少なければ簡単に飛行ルートを変更してしまうのです』

「もうええ。とにかく連絡して、砂金の市場とレンタルオフィスの家賃を調べておくように念を押しといて」

語気が荒くなった。

『分かりました。朝の八時になったら電話しますので』

翌日、帰宅すると、すぐに携帯を手に取りサントスにかけた。

「連絡はあった？」

『彼は夜の八時に詳細を報告しますと言っていました』

（やっぱり。想像したとおりや）

「他には何を言っていた」

関はベッドにゆっくり腰をかけ大きく深呼吸をした。

『ワッシャの町並みは汚いです。ですが、町の一〇〇キロ周辺には、小規模な砂金鉱山が点在していいます、とも言っていました』

「あほか。それって空港からホテルに着くまでに、タクシーの運転手に聞けば分かることや。不動産屋や砂金の市場調査をしてないということや。彼に言うとき！　新会社の株を三パーセントやると言うたけど、撤回や。そして最初が肝心なんや。やる気がないやつはいらん。彼にその点をよく言うて」

サントスの返事は声に力がなかった。

『それはそうと、関さん。仕事中に何度も電話を入れるのは少し遠慮してください。職場の上司に注意されてしまいました』

「わかった。メールにする」

日本とワッシャとの時差はキンシャサより一時間短い七時間。

〈明日の報告に期待する〉とメールを返信し、関はベッドに入った。精神的な疲れから、すぐに眠りに落ちてしまった。

翌朝、出勤する前にサントスから待っていた連絡が入った。

『ワッシャには砂金買い取りのショップはありません。現地では中国と南アフリカの鉱山会社が大規模に砂金を採掘しており、市民の多くが、その関連会社に勤めています。以上』

「それだけ？」

『ですので町並みは汚く、セキュリティもよくないのです。それで砂金鉱山会社ではブニャンから、ポリスを派遣してもらっているらしいです』

「サントス！　そんな報告で納得しているの？　それくらいならちょっと現地の人間に電話で問い合わせれば分かることではないか。現地に行ったなら、もっと深い調査をせんとあかんのでは」

口調は優しかったが、話の内容は厳しい。

「関税を徴収している出先機関に行って、現実に砂金が採れているか調べんと」

『そうですね』

無気力な返事だ。

「ええか。一番大事なのは、ワッシャで砂金が実際に採れるか採れないかやで。レンタル事務所や安全面は後で考えればええ。彼には、子供の使いではない。自分でよく考えて行動せんと！と言って」

やはりアフリカ人は怠け者なのか？　自主性を期待しても駄目なのか。しかし、彼らの助けなしでは砂金ビジネスは進まない。関はジレンマに陥った。アフリカの砂金探しは夢のごとく消え去るのか。


一一月は穏やかな天気が続いた。

「おはようございます」

関はいつもどおり出勤した。

「おはよう。今日は天気も秋晴れですし、外の空気を吸いたいのです」

「そうですね。では用意します」

車椅子に渡辺を乗せ、事務所兼自宅から門前仲町の交差点を横切り相生橋《あいおい》を渡った。

隅田川沿いには高層マンションが数棟建ち並び、川との間に遊歩道がある。健康のためか大勢がランニングや犬の散歩をしている。

「まだ道沿いの木々や芝生は緑を残していますね」

「ええ。空気も美味いですしね」

「早くいろんな意味で平和がくればいいですね」

関と渡辺は久しぶりに心の洗浄ができたようだ。

「ぼつぼつ冷えてきましたから戻りましょうか？」

と、関が促したとき、携帯が鳴った。

『サントスです。ワッシャ産の砂金プライスは一グラム四八ドル、キンシャサでは一グラム五六ドルだといっていました』

「だったらそれを日本に持ち帰らず、キンシャサで売ったほうが儲かるのでは」

日本国内で、金相場が一一月には一グラム四八〇〇円と高騰していた。そして一ドルが一一七円と円安が続き、金価格に追い風となっていた。一グラム四八〇〇円は消費税五パーセント込み、裸値は四五七一円である。

『明日、彼は第二の候補地ブニャンに移動します』

「そうか」

関は半ばあきらめ、連絡もせず四～五日ほうっておいた。一方で、グレイグが一応弁護士としての仕事を遅いなりにも進め、会社は設立寸前まで来ていた。

朝起きて携帯をチェック。サントスから数回、着信のマークが残っていた。

「おはよう。どうした？」

『昨日、彼と話しました』

「そうか。今はどこにいる？」

『キサンガニです』

「それって何番目の都市？」

『最後の町です』

「そうか。どこが一番ええと言っていた？」

『ブニャンです。そこに一か月二〇〇ドルの家賃で、四部屋ある事務所があるそうです。しかも、輸出許可をおろす政府の出先機関まで一〇〇メートルくらいですって』

「その街は砂金が採れるの？」

『ええ。周辺三〇〜四〇キロ圏内で採取され、砂金で発展した街です』

「ほう！　ええやんか」

『それと、元従業員の報告では、キサンガニから飛行機で四五分のところにボンゴという場所があって、そこの砂金が採れる鉱山を所有しているオーナーと知り合ったそうです。関が本当にカネを持っているなら、毎月四キロを売っていい、と言っているそうです』

「本当か？　ええ話や！」

急に関の声が弾み携帯の持ち手を替えた。

「彼に、キンシャサに帰ったら報告書をすぐに提出するように言っておいて。ただし、僕が質問しなくてもいいように、納得できる詳細な報告書やで。その内容次第で、サムライコーポレーション設立後、現地に進出する間、月に五〇〇ドルの給料を払うと言っておいて」

『私には？』

「あほか。君は株主やろ」

一二月一二日佳代子の命日、関は大阪の北摂に位置する勝尾寺《かつおじ》にいた。この寺は「勝運の寺」「勝ちダルマ」の寺として知られる。

勝運信仰の歴史は古く、平安時代まで遡《さかのぼ》る。境内には勝運成就したダルマが多く奉納されており、山門より見上げる八万坪の境内は、壮観だ。特に桜、シャクナゲ、アジサイ、紅葉など、季節の花木が咲き誇っている。関家が祀られている勝尾寺霊園は、寺正門の横から山頂に登ったところにある。関は澄んだ空気を胸いっぱい吸い込み、一本道を歩き始めた。

「心が洗われるようや。妻が亡くなってもう一〇年か。月日の流れるのが早いな」

冷気が関の体を覆う。

「佳代子、昨年は来なくてゴメンな。智子とは君がなくなって以来、一度も会っていない。僕のことはどうでもいいけど、どうか智子だけは守ってあげてほしい。君には、僕が君のそばに行ってから永遠に謝るからね」

妻の命日は忘れたことはなかった。

「来年も必ず会いに来るからね。関家のご先祖様！　佳代子をよろしく頼みます」

山頂からの下り坂、吹き上げる山の北風は冷たく、関の体を容赦なく責めた。しかし亡き妻との再会で、寒さは感じなかった。

「誰か僕を見ている」

一瞬、人の視線が霊園出入口にある社務所の方向から感じられた。

「気のせいか！」

待たせていたタクシーに足早に乗り込んだ。

「新大阪にお願いします」

四時には渡辺の事務所にいた。

「ありがとうございました。二年ぶりで墓参りができました」

「もっと行ってあげないと」

「はい。今は、まだ妻に良い報告ができませんので」

「もう少しです。頑張りましょう」

渡辺の言葉には優しさと期待が込められていた。

一週間が過ぎた。

〈年内にコンゴで設立したサムライコーポレーションが新聞に告知されれば、公の手続きが終了。その後、正式にレアメタル、即ち砂金の売買のライセンスが認可されます〉

あてにならないサントスから連絡が入っていた。

関は毎日帰宅後、寒々とした部屋にすぐに暖房を入れる。だが、部屋は乾燥し肌がごわついていた。すぐに加湿器に水を入れるが一昔前の器具で効果がなかった。寒い深夜である。

『関さん！　問題が起こりました』

サントスからの携帯である。

「なに？」

関の額にしわが数本できた。

『グレイグが、サムライコーポレーションの住所を、彼の勤めている弁護士事務所にしていたのですが、彼はボスに無断で登記したらしく、ボスが気付き、絶対許さん！　罰金として一万ドルよこせ、と言われている。と言ってきたのです』

「サントス！　それはグレイグが解決すべき問題では？　そう伝えて」

『分かりました。でも会社は設立されていますから、三万ドル払ってライセンスを取り、新聞公告すればいいのでは』

「分かった。では元々ブニャンで事務所を借りる予定だったのだから、住所変更すればいいのやね」

『時間がかかりますが、大丈夫ですか？』

「かまへん。僕は納得できんカネは一銭たりとも払わん主義や」

サントスは関の性格をある程度理解していた。困りながらも承諾した。

だが、深夜、ふたたびサントスから電話があった。

『正式に会社としてスタートするには、新聞公告後に国側が認可するので、途中で住所変更をすることはできないらしいです。住所変更するには、一から申請のやり直しになります、と言っています』

（こいつら僕を食いにかかっているのか？）

「わかった。もう一度ボスと話してみてや。一五〇〇ドルでどうかと。そして、関さんはコンゴのために仕事をするのに、今までコンゴ人に騙されてばかりです。それにボスはコンゴ政府の安全顧問弁護士なんやろ、関の会社が軌道に乗ったらボスを顧問弁護士にします、と言って」

淡々と話したが、腹の中は煮えくりかえっていた。

『わかりました』

話し終わった後、二〇分ほどで再び携帯が鳴った。時刻は深夜一時半。コンゴは夕方の五時半である。

『一五〇〇ドルで納得しました。それに加えて、ボスが今後のことは一度関さんに会って話をしましょう、と言っています』

「やっとやな」

グレイグは所詮雇われ弁護士だった。ボスのほうが政府とのパイプが太い。毎月、グレイグに支払う顧問料五〇〇ドルをボスに切り替えればいいのだ。関から裏切ったのではなく、グレイグが信頼を裏切ったのだから、本人も納得すると思えた。


一二月二四日、外は肌寒いが快晴である。

「クリスマスイブか」

小さなデコレーションケーキを出勤のときに買った。

「おはようございます」

元気な声を出し勢いよくドアを開けた。手に持つ小さな箱を、渡辺の前で小さく揺らした。

「飲み物は?」

「ホットコーヒーを。男二人で味気ないですね」

苦笑いをする渡辺だ。二人はテーブルを挟んで座った。テーブルに出されたショートケーキをフォークで、一口サイズに切った。

「まずはコーヒーを」

渡辺は、フーフーと息を吹き冷ましながら一口ゴクン！　と飲みこんだ。大きく息を吐き出す。関のケーキはすでに半分近くになっている。

女っ気のない部屋は味気なく家具が必要に応じて並んでいるだけである。

「安倍政権はすごいですね。これから日本は変わりますか？」

第四七回衆院選が一二月一四日に投開票され、経済政策〝アベノミクス〟継続の是非が争点となった衆院選は、与党が圧勝した。自民党が二九一議席、公明党と合わせ、与党で衆院定数の三分の二を上回る三二六議席である。

「一ドルが一一八円台、金価格が一時一グラム五〇〇〇円を突破しましたね」

「アベノミクスのおかげですか？」

「まだわからないです。コーヒーで乾杯しましょう。そして来年こそは成功させましょう」

「はい！」


二〇一五年の幕開け。一月四日、関の仕事始めである。空は久しぶりに快晴だったが、時折吹く冷たい風が関の体を心地よくさせている。門前仲町交差点から富岡八幡宮《とみおかはちまんぐう》に向かう歩道沿いの店先には、門松が青々と正月らしさを醸し出していた。それを横目に大勢の初詣客が歩き、中には振袖の若い女性が、彼氏と思われる男性と笑顔で歓談している。

「智子も年頃のはず。彼はできただろうか？」

そんな思いを抱きながら、関は渡辺の事務所へ向かっていた。

「おめでとうございます」

事務所のドアを開けるなり初々しく声をかけた。玄関先には三段の鏡餅が飾られてある。

「僕の部屋にはないけど、ここは正月や」

「おめでとう」

渡辺が普段着で全自動車椅子を動かしながら奥から迎えた。

「正月早々、サントスを通して、グレイグからカネの催促がありました。早く三万ドル送ってくれないと、ライセンスを発行する担当者が異動して取得できなくなるかもしれない、と」

「困ったものですね」

「そんな国だったら、何も申請できませんね。『サントス！ 本当にカネを送っても大丈夫か？』と少しきつめに詰めましたが、『ええ。彼の仕事は遅いかもしれませんが人のカネを遣い込むことはしません。彼の家も家族も私は知っていますので安心してください』と言い返してきました」

（あほ。そういう君が信用できへんのや）

「正月です。ここまで来たらもう少し騙されてみましょう」

関はコーヒーカップに口をつけるが二、三滴の滴を飲み込めただけだった。渡辺は承諾したが関は迷った。


「一万円足らずの振り込み手数料でした。これで振り込みは終了しました」

渡辺に銀行窓口から携帯で報告した。一月一〇日の送金が四日後の一四日に現地の銀行に着金するはずだ。

『高額なので、銀行が三日間グレイグの身辺調査をした後、払い出されますので、本人が受け取るのに少々時間がかかります』

サントスから連絡である。

さらに二日が経過した。またも、サントスから電話が入った。

『グレイグから連絡があって、引き出しのときに一〇パーセント手数料が引かれます』

「なに～。だったら最初からどうして言ってくれなかったの。一〇パーセント言うたら三〇〇〇ドルや」

『ちょっと待ってください。一パーセントの間違いです』

「そうやろ。わかった」

一度火のついた怒りはおさまらない。

「一パーセントといっても三〇〇ドルやで。何でそんなに高いの？」

『…………』

「何度も聞くけど、彼はほんまに弁護士なん？　何でそんな初歩的なことが分からんの」

怒りをサントスにぶつけた。

『…………』

今度はグレイグからメールで、銀行からの引き出し手数料でカネが足らないのでライセンスの許可が遅れるといってきた。

〈分かった。だったら引き出した金額の領収書をメールに添付してくれ。そしたら足らん分をす

ぐにウエスタンユニオン銀行から送るから〉

メールを返信後、関は「馬鹿野郎！」と、大声を張り上げた。

〈分かりました〉

グレイグの返信メールは即刻届いた。

「このままでは彼の言いなりです。やはりキンシャサに行って確認してきます」

胸の内を渡辺にぶつけた。

「サントスたちの手を借りずに、いかに砂金の売買を行うか、今後の課題ですね」

渡辺は黙ってうなずいた。

一週間後、関とサントスはキンシャサにいた。

「君の役割は通訳のみでいいので、僕と相手の発言を正確に双方に伝えて頂戴。グレイグには一六時にここのホテルのコーヒーショップに来るよう伝えて」

「わかりました」

関とサントスは、約束の五分前にテーブルに陣取った。

「サントス！　それとグレイグは何か勘違いしてないか？　そもそもウガンダで、あいつの紹介で僕は偽物の砂金を掴まされたんやで。あいつは僕の目の前でリベートを受け取ったよな。当然偽物だったのやから返金してもらわんと……。だけど、カネがないから仕事で返すということで、今回のコンゴでの砂金売買のライセンスを取得しますと。その後、砂金の採掘をしようということになったんや。にもかかわらずカネ、カネと催促しとる」

詰問に近い口調で責めた。

「すいません。わたしが知っていた学生の頃は真面目でしたが、結婚して子供が五人できてから人が変わってしまったと思います。全部わたしの責任です」

「しおらしいこと言われても、君も口先ばかりで何の責任もとらんがな」

座ると同時に、足の長いスタイルの好い黒人女性スタッフに注文を尋ねられ、

「ニホットコーヒー」

関が微笑んで返す。

約束の五分遅れでグレイグが小走りで関のテーブルにやってきた。

「ハワーユー！」

握手を関に求めてきたが無視。

「何がハワーユーや。この嘘つき！」

と日本語が分からない事をいいことに、顔では笑って見せるが今までのストレスを吐き出した。

「今日は今後の動き方について話そう。それと、今までの報告をするように」

サントスが通訳するとグレイグがもじもじしだした。そして、

「担当者がチップ一〇〇〇ドルをよこせといってきました」

と、平然と話すのだ。

「今、僕の言ったこと理解してないのか？　サントス！　僕は黙って騙された振りをしているのやで。ライセンス取得が正規であれば、当然コンゴ政府が三万ドルの領収書を発行するはず。だけど、僕は実際の金額が違っても、多少抜かれても目をつぶった。なのに、彼は次々に理由をつけてカネの要求をしてくる。グレイグに説明してやって」

「分かりました。一〇〇〇ドルのチップの件は、グレイグが出せと言います」

「それと今後、交渉事は僕も一緒に立ち会うと言って」

「ウイ」

グレイグはすぐに返答するが、肩をがっくり落としたように見えた。

（おそらく金品は渡していたやろうが、ピンハネをしているのやろう）


アフリカ人って信用できるの？


「昨年就任した鉱山大臣のチーフスタッフに連絡をしたところ、大臣は簡単な書類にはサインしたが、それ以外の利権が絡む申請書類には一件もサインしていない、と言っています」

ある意味で安心した。

翌朝、関、サントス、グレイグの三人は鉱山省の事務所前にいた。

「ここも館内は暗いね」

「今でも電力は貴重で、電気代が高いです」

（そうか。そういえば龍氏が太陽光ビジネスをやっていたな。帰国したら……）

薄暗い階段を上がり、三階の担当官室に入った。出迎えたのは五〇歳過ぎの小柄な男で、奥の席から関の顔を見るなり笑顔で寄ってきた。

「コンニチハ！　プリーズ」

名刺を渡され関も差し出す。肩書はチーフ、課長級である。片言の日本語である。奥の古い木製のテーブルと椅子に案内された。

「オフィシャルで取得するには取得名義人の銀行口座が必要で、預金が最低一〇万ドルいります」

小柄な男が含みを持たせ、事務的に話し出した。

「だから別のルートでお願いしたのでは？」

グレイグの顔を見て合槌を求めた。しかし、小柄な男は同じような説明ばかりを繰り返す。

「グレイグ！　どうなっているの。裏金を渡したのはこの男なんか？」

顔を引きつらせ、関が日本語を発した。周囲の事務官たちの視線が一斉に関に集中する。

「大丈夫です。この場所では……」

名刺を確認すると、

「OK。アンダースタンド」

相手は腐っても官僚である。関は立ち上がり、握手をするとその場を去った。

二〇分後、一行はホテルのコーヒーショップで再度打ち合わせをした。

「グレイグ、さっきはなんや。事務的なことを聞きに行ったのではないぞ」

グレイグを厳しく睨みつけた。グレイグが目を吊り上げ言い訳をしだした。関は気持ちを落ち着かせるためコーヒーを一口ゴクンと飲み込んだ。そして腕を組み、目を閉じた。

「分かった。君を信用しよう。ただし自分の発言に責任を持ちなさいよ。明日は君のボスに会いに行こう」

翌日の昼前、サントスが部屋に顔をしかめてやってきた。

「グレイグに昨日の官僚から連絡があって一五〇〇ドル、チップをくれたら申請書類を渡すと言ってきました」

(おいおい、また追加のカネか?)

関の顔が険しく口がへの字になった。

「何を言っている。今までにいくらかでも渡しているやろ」

サントスを睨みつける。

「グレイグに今まで送金したカネはどこに遣ったのや」

関の顔が引きつっていく。

「サントス! 昨日言ったこと通訳した? こんなこと繰り返すならもうコンゴでビジネスはやめるから三万ドルを返せ! といって」

「伝えます」

サントスは了解し、グレイグに伝えた。

(こいつには一銭もリスクがないからな)

「三万ドルは返ってきません。すでに数人に手渡し済なので」

サントスはグレイグからの回答を伝えた。

「おかしい。誰かが懐に入れているということか?」

(二人が組んでいるのは分かってるわ)

関の厳しい質問にも、サントスは他人事のように同じグレイグのメッセージを繰り返すだけである。

「全て君を通さなあかんのはストレスがたまるね」

「関さんにフランス語が話せればよかったですね」

「嫌み？　彼を呼んで頂戴」

横を向いた顔に一瞬だがニヤッと笑みが浮かんだのを関は見逃さなかった。

（やはりな）

結局、関はグレイグを呼び出し、言われるまま一五〇〇ドルを払ってしまった。サントスは、関がポケットから取り出すドル束を横目にじっと眺めている。

「ライセンスは一週間後にもらいますので」

グレイグはそう言い残すとホテルから出て行った。ここまできたら四万ドルも五万ドルも同じだった。

「フー！」

大きく息を吐き出すと、残ったコーヒーを飲み干し、席を立とうとした。

「関さん。お願いがあります」

「何？」

座りなおした関。

「私、中古車をキンシャサに二台送ります。輸送費がありません。車が到着するのに二か月かかりますから、その後、返します」

（やっぱりな）

関とサントスが昨年キンシャサに訪れたとき、サントスの元従業員に車の免許とパスポートをつくる費用を関が払ってやった。サントスは、関か渡辺の資金で自分のビジネスを内緒でやろうとしているのだと思えた。

「いくらいるの？」

「五〇万円です」

「利息は？」

「………………」

「君は、僕か渡辺さんから無利息で借りようとしているの？　それは虫がよすぎるのでは。車のビジネスは、君個人のもの。渡辺さんが仮に出したとしたら配当は？」

「私は、関さんたちにコンゴでのホテル代や飛行機代を出してもらうのは申し訳ないので、自分で儲けようと思っているのです」

サントスの腹は読めていた。コンゴのサムライコーポレーションを利用し、ライセンス取得後、サントスは車の輸出や砂金取り扱い業者に登録して、関たちに内緒でグレイグと同様自ら買い付けしようとしているのだ。グレイグとサントスはノーリスクで利権だけを取得するつもりと想像できた。

翌朝、関は六時に目が覚めた。

コーヒーショップの席に座りホットコーヒーを注文した。気持ちを落ち着かせようと大きく深呼吸を二度三度繰り返した。

『関さん！　今どこですか？』

サントスからの携帯電話である。

「コーヒーショップにおるけど」

『すぐ行きます』

サントスがすぐにやってきた。顔が緊張しており、左手で額の汗を拭いている。

「彼はだめです。彼の言っていることが次々と変わります」

「ちょっと待って。彼は君が紹介したんやで。だから、今まで君の言うとおりに動いてきたんや。今さら何を言っとるの」

「彼のこと、もう少しまともと思いましたが、期待はずれかもしれません」

「おいおい」

関の顔がこわばった。

「君とグレイグは一心同体やろ」

サントスは無言を続ける。関はとりあえずキンシャサでの報告を、渡辺にライン電話ですることにした。サントスは沈黙したまま聞いている。

『今までどおり関君に任せます』

いつもどおり淡々とした言葉が返ってきた。散々であった。何一つ成果がなかった。


帰国した翌朝に、グレイグからのメールが届いた。

〈私の生まれたゴマ地方で高純度の砂金が採掘できます。全ての手続きが終了したらキンシャサとゴマに事務所をオープンしてください。私を関さんの会社の砂金売買のライセンスを扱う担当者に登録してくれれば、私のコネクションをフルに使って砂金の輸出ができます〉

報告のため出勤すると、渡辺はいつものように応接兼リビングのテーブルで自分で淹れたホットコーヒーを飲んでいた。

「図々しいグレイグからメールがきました。別件ですが」

「サントスは知っているのですか？」

「連絡してみます」

携帯にすぐ出た。

『ちょうど連絡しようと思ったところです。彼は信用できません。キンシャサに行った時も最後は来なかったし、先週の日曜日に元従業員の自宅を訪れ、サントスから関さんにブニャンで事務所をオープンするのでなく、ゴマでやろうと進言してくれと言いました。関さん、おかしいと思いませんか？　私たちがキロモトの社長と話したときは、ゴマなんて都市の名前は一度も口に出なかったでしょう。彼はおかしい』

関は、サントスの言い分を渡辺に伝えた。

「彼らは私たちを利用しようとしているだけです。どっちもどっちです」

関は思った。やっとこっちのペースになってきたと。

「彼の言うとおり聞いておきましょう。騙された振りして、現地の調査をさせればいいのです」

渡辺が日課のホットコーヒーを飲みほした。

「サントスは、車の輸出代金を借りたがっています」

「サントスもグレイグも、我々の指示どおりにしなければ何の儲けも得られません。とにかく気を付けて泳がせればよいのです」

タイミング逃す？

三月ももう終わる。外はやっと春らしく、桜前線が関東に到来。千鳥《ちどり》ヶ淵《ふち》の桜が満開だとニュースで報じられた。

サントスの報告が届いたのが、三月初旬のことだ。

グレイグも首相の秘書官に頼み、「早く鉱山大臣にサムライコーポレーションへの砂金取り扱い認可書にサインをするようにプレッシャーを入れたので、もうすぐライセンスがＯＫになる」と言ってきた。

（当然や。いくらかの手数料を受け取っているのやから）

だが、これもアフリカンタイムなのか、三月末になるのに、その後、連絡はなかった。サントスも同じである。首相の秘書官のパワーも不発に終わっている。果たしてライセンスはどうなっているのか？　当然下りなければおかしい。関たちの会社は、すでにコンゴ民主共和国の首都キンシャサで設立できているはずだった。当然法人番号も発行されているはずである。

四月に入った。安倍政権の人気は衰えることなく、今なお七〇パーセントの高支持率を保っていた。景気も来年度の消費税増税のために経済回復の政策を積極的に行っている。関と渡辺がコンゴで会社を設立した昨年は一ドルが一〇〇円台だった。金価格が一グラム五〇〇〇円台に急騰したが、砂金を買い付けに行く今年は、為替レートが一ドル一二〇円台になり、一年遅れたため、二〇パーセント近く円安になってしまった。時はカネなり。タイミングを逃がした恰好だ。

一方、コンゴ民主共和国では、国内の反体制武装勢力に対し、国連安保理が攻撃を認める決議を全会一致で採択した。今までPKOは武装勢力に対し、自衛や文民保護目的のみ応戦できた。これで国連のPKOを通じ、コンゴ民主共和国が今まで以上に平和になることだろう。

弁護士の戦い

関はグレイグに見切りをつけた。

「サントス！　コンゴの会社、サムライコーポレーションの役員からグレイグを解任してくれ」

そのことを知ったグレイグが、関に四〇万ドルの請求をしてきたのだ。内容は関をキンシャサに招聘《しょうへい》して政府高官に会わせた紹介料として一件当たり六万ドル、それが四件で二四万ドル、金のライセンス取得成功料一五万ドル、その他一万ドルだ。

「あの人は馬鹿ですね」

「彼の頭はどうなっているの？」

二人は苦笑した。だがグレイグは新たな手段に出てきた。

まず四月五日に鉱山大臣がサインをした。そこから担当スタッフに登録手続きをするのであるが、グレイグは担当者に甘い囁きを告げた。関から一万五〇〇〇ドル手に入ったら君には五〇〇〇ドル渡す。だから関に認可書を渡さないでほしい。そしてその悪魔の囁きがサントスにも。

〈サントス！　わたしと組んで関からカネを取ろう。サントスの分け前は同じ五〇〇〇ドル。うまく関を説得して五万ドルもらえばもっと分け前を多くわたす〉

サントスがそのメールを関に転送してきた。グレイグの悪巧みは成功しなかった。

「どうしてグレイグの話に乗らなかったのや？」

単純にサントスに質問した。

「私には大きな夢があります。渡辺さんや関さんを裏切って一瞬カネを掴んでも、自分にとってよくありません。正直最初は……」

サントスは言葉に詰まった。

「それで」

「私の本当の夢は政治家になって、この国をよくしたいのです」

また言葉に詰まった。

（まんざら嘘でもなさそうや）

サントスの言葉には真剣さがこもっていた。

「そうか！　いいことや。それが本当なら、微力やけど、渡辺さんも僕も協力してあげる。しかし今の仕事やり遂げてからやで」

コンゴ民日本大使館が火事に

無事アフリカ会議が終了。翌朝サントスから携帯に連絡があった。

『関さん。知ってますか』

サントスが慌てた声で話す。

『日本大使館が放火で焼かれてしまいました。誰の仕業か捜査のために、日本から警視庁がキンシャサに向かったらしいです』

六月二〇日午後七時に不審火があり大使館が全焼してしまった。そのために大使公邸で大使館業務が行われることになった。新聞、テレビで大きく報道された。二年前にも大使館は火災に見舞われていた。

「富永大使は無事か？」

『分かりません』

関はコンゴ民主共和国の日本大使館公邸（キンシャサ）で大使からウエルカムランチをごちそうになった。そのお返しに富永大使と大使館職員数人をイタリアンレストランの夕食に招待した。その時の職員が犯人では？　一瞬頭をよぎった。

「新しい情報がわかったらまた教えて」

『わかりました』

関は最近人生観が変わってきた。

「渡辺さん。人生を気持ちよく終わりたいですね」

「藪から棒にどうしたのです？」

「私の義父の葬式は盛大で三～四〇〇〇人が参列したのですが、私も男の最後の花道は同じように豪華に大勢参列してもらえる人物になるのだ！　と思っていました。でも最近になって考えが変わってきました」

「どういう風に？」

「知人の葬式に参列したときにいつも思うのです。親交があって参列するなら納得もできるのですが、正直忙しいときに義理で行くときもあったのです」

「それで」

「誰かが知らせてくるのです。参列しなければ世間がなんて言うか？」

「確かにそういうケースもありますね」

「心から故人を悼《いた》んでの参列であればいいのですが、死んでまで迷惑をかけたくないと思うようになりました。ですので、誰にも連絡せず家族葬でと」

「私も現役の時はありましたね。そういう事例が」

「心があれば自宅に線香の一本でもあげにきてくれると思うのです」

「関君。今はそんなこと考える暇があるのなら、アフリカビジネスのことを考えましょう。しいて言えば年齢的には私が考えてもおかしくない」

優しい口調であったが、渡辺の眼光は感傷的になっている関に、「甘えたことを言うな」と言っているようである。

このような人生観について、たまに渡辺とするようになっていた。こんな気持ちにさせたのは孤独からだ。

帰宅途中、智子のことを考えながら歩いていた。携帯が鳴った。

『砂金売買のライセンスを取りに来ないなら抹消する、と鉱山省から連絡があったのですが』

とサントスが事務的な声で電話してきた。

翌朝、いつもより早めに出勤した。

「グレイグとサントスの二人がグルなのか、それともグレイグ一人の策謀なのですかね」

「もう少し泳がせましょう」

「わかりました。それと私にキンシャサに行かなければ、今までの旅費も入れて七〜八万ドルが水の泡のごとく消えてしまいます、とサントスがしつこいのですが」

渡辺は無言だった。考えがあるようである。

うまく心理をついてくるのが詐欺師の得意技だ。

翌朝答えが出た。

「ライセンスのドキュメントを持ち帰れなかったら、これで最後にしましょう」

渡辺の結論である。

「取りあえず、月内にコンゴに行って問題を解決してください」

秋も深まり過ごしやすい季節になった一〇月二八日、関はサントスとともにキンシャサに向かった。成田からイスタンブール経由でキンシャサまでエコノミーで二一万円足らずである。

ムススからも催促の電話がかかってくる。しかし日本にも来ると言っておきながら結局は来ることはなかった。

渡辺とはムススラインは相手にしないと結論が出ていた。

関は一一月一日一五時にキンシャサに到着した。相も変わらず乗客は大きなキャリーバッグを数個持ち入国している。

「今日は休んで明日の朝に鉱山省に行こう」

翌朝二人は、前回と同じ古びた四階建ての階段を上がり三階に向かった。サントスが面会を求めた官僚は前回と同じチーフである。薄暗いオフィスに行くと、二人は体格の良い四〇歳過ぎの女性に案内され、前回と同じ奥の古ぼけた木製のテーブルと椅子のある部屋に通された。

会話はすべてフランス語である。

関は苦虫を嚙んだ表情で、ただ黙って座っている。チーフとの会談が三〇分も経過しただろうか。官僚とサントスが握手を交わし笑顔になった。

「やりましたね。関さん！ やっとライセンスがもらえます」

「意外と簡単やったけど」

「私が鉱山大臣にライセンスがもらえなかったら関はコンゴで仕事をしない！ と言ったのです。そうしたら分かったと言ってもらえたのです」

「だったら、もっと早く言えよ」

(嘘つけ！ すでにライセンスは下りているはずや。難しい話ではない)

「それと私、昨日レストランに向いている不動産を見てきました。家賃が八〇〇〇ドルですが、設備も自家発電がついていてきれいでした」

「そうか、広さは。写真は撮ったのか。それとライセンスが下りたらキロモトのマカバ社長とアポをとって。本当に僕たちとビジネスをやるつもりがあるか確認したいのや」

「分かりました」

(もう騙されんぞ)

サントスと別れ数時間が経過した。

「ダメです。何度も連絡しているのですが居留守をつかわれているみたいです」

サントスから報告が入った。

「やはり。一抹の不安が当たったみたいや」

二〇一六年一月二四日。

奄美市で一一五年ぶりのミゾレを観測。九州は大雪に見舞われた。

新しいアイデア

二〇一六年五月一日。

帰国していた前コンゴ民主共和国大使の富永氏と『しゃぶ禅』で食事をすることになった。

「お久しぶりです。コンゴでは有難うございました」

「いいえ。本来なら定年まで二年あるのですが、ご存じのとおり大使館での火災事件の責任をとって早く退官したのです」

「大変でしたね」

関は富永の心痛を察し話題を変えた。

「私は砂金のライセンスを取りましたが、一緒に組んだ連中が……」

一通りの流れを説明した。

「そうでしょうね。あの国は全てが賄賂絡みですからね」

「以前、コンゴ駐日大使館の現地スタッフから電話をもらって……」

「ラマザニでしょう。『僕は高級官僚の息子で、将来政治家になる』とみんなに言っていますが、彼は途中からベルギーで雇われた人間で、何の力もありませんよ。それと日本人の山村《やまむら》と言う事務員も同様です」

「えっ」

富永の人物評は厳しかった。

「彼は日本人の投資家をうまく騙して、カネを巻き上げている。たとえばキンシャサで会社を設立するのに一万円もかかりませんよ。それを……」

話にならない。少し想像はしていたが、富永の話は真実だろう。

「ところで、国会では安倍総理が集団的自衛権の問題で、連日マスコミに出て成立のためにアピールしてますね」

「僕は万が一戦争になっても、年齢から考えて徴兵されないですが、子供たちのことを考えると怖い気もしますね」

「あ～、怖！」

肩をすくめる関。自宅に戻り、寝る前にメールのチェックをした。

〈税関に砂金が一〇〇〇キロあるので、検品しにウガンダに来なさい。確認が終わったら、ムスが日本に送る。日本に到着したらカネを払え〉

渡辺に相談することなく、ムスのメールは無視することにした。

翌日に再度メールが届いた。

価格は一時より下がり、一キロ三万二〇〇〇ドルで、純度が九八パーセント。日本での業者買い取り価格は一グラム四五〇〇円。最終的にムススと会うべきかとの思いが、一瞬脳裏をかすめるが、すぐに消えた。

「まさかなぁ……」

今回は、渡辺に報告する前に、相談相手がいた。

「富永さん！　遅い時間に申し訳ありません。今ウガンダからメールが来て、私に現地に砂金をチェックしに来い！　と。そして本物と分かったら日本に送るので、受け取ったら送金してくれればいいと言ってきたのですが。どう思います？」

電話の先で笑い声が起き、関の鼓膜に響いてきた。

『それも騙しです。現地で確認して、本物であっても、いざ送られてきたものは偽物になるのです。彼らの国の税関も全てグルで、関さんが帰国した後、商品を差し替えるのです。荷物が到着し、関さんが確認して偽物と訴えても、貴方が嘘をついていると言い張るのですよ』

「なるほど。その手があったのですね」

『そうですよ。現地と取引をするときは、ヒットエンドランです。同じ人や同じ場所で、長くやっていると、必ず横槍が入り、警官や悪人が目をつけ、たかってきます。だから、ぱっとやって、ぱっと引く。これが一番なのです』

「良く分かりました。夜分すいませんでした」

『いいえ、ご遠慮なく、何なりと言ってください。私にできることはお手伝いしますので』

（なるほど。根本的に奴らは信用できんのや）

関はあきらめの境地に入ってきた。

第六章　再開と転機

太陽光パネルメーカーのＷＷＢの経営者である龍から、三年ぶりに会いたいと連絡があった。龍は早稲田大学を卒業後、数社で働いた。独立心旺盛な彼は三六歳で起業、現在はＡバランスの株式三四パーセントを所有し、上場会社のオーナーとなっていた。それに比べ関は、未だ不安定な仕事に明け暮れていた。

『関さん？　何年ぶりですかね』

「久しぶり。龍さんの会社をチェックしたら二年前の新聞記事がでていたよ。龍さんは太陽光パネル製造と発電で頑張ってるみたいやね」

『そういう関さんのアフリカビジネスは？　たまたま携帯番号を整理していたら、関さんの名前があったから、消去する前に確認の連絡をしてみたのですよ』

「そうなんや。別に僕に用事があったわけでもなかったんや」

『嫌み？　相変わらず言いたいことを、ズバズバ言いますね』

「記者気質が抜けんのかもね。ところでなんで社名がＷＷＢなん？　太陽光だったら何とかＳＵＮをつけるのでは？」

『単純なのです。ユーザーと弊社がともにＷＩＮ、ＷＩＮになるビジネスを！　のモットーなのです』

「名前負けせんようにね」

『また〜』

「ところでアフリカのコンゴ民に興味はない？」

『興味はあります。初めて関さんに会ったときにも言いましたが、アフリカはいろんなビジネスチャンスがありますからね』

「いいね。それなら是非、積もり積もった話もあるし、早急に会おうよ」

五月も半ばに差しかかった。天候は寒暖差が激しく、体の調子が今ひとつである。

国会は西川公也氏が昨年、農水大臣を辞任するなど、自民党が補助金問題で揺れ動いている。しかしそれも、時間と共に忘れさられ、安倍政権の磐石振りを見せ付けられることになるだろう。

関は最後のチャレンジ、いや希望を持ってトライすることにした。サントスは相変わらず弁解ばかりで道義的な責任を感じていないようだ。

そんな折、二二日にコンゴ人が七人、キンシャサから日本にやってきた。サントスの親戚である。関は彼らを『しゃぶ禅』に招待した。

「いいでしょう。サントスの父親は来るのですか？」

「いいえ。親戚筋ばかりです」

「どんな無責任ファミリーか、ゆっくり観察してください」

相談をした渡辺は、笑っていた。すでに渡辺の心は決まっていたのだろう。

サントスの叔父夫婦はコンゴで水道事業を行い、ペットボトルの販売を手がけているという。

彼の皮膚の色は褐色で、どちらかといえば南米系だ。父母のいずれかが、白人かもしれない。

別の年老いた老人は、キンシャサで国会議員を務めているらしい。少し若い六〇歳を少し超えた婦人はサントスの父親の妹。コンゴで有名な国営企業トップの第二夫人で、自宅はキンシャサの高級住宅地で、敷地は五〇〇坪あるという。しかも召使が三名という触れ込みである。

「サントス！　君はこの親戚とえらい違いや」

「そんなことないです。私は今、こういう仕事もしています」

内ポケットから名刺を差し出した。

〈横浜工科大学講師サントス〉と書いてある。

「何や。この大学って三流やろ」

「馬鹿にしないでください。私は四月から大学の講師をしています。私のファミリーは世界を旅行しているのですよ」

すき焼きをご馳走してやると、すき焼きはそっちのけで、女性陣が「日本の米は美味い」と飯をお代りするのだった。

「日本の米は売れそうやね」

サントスは、大きな黒い顔から白い歯を見せた。

「実はウガンダで砂金を買ったが、タングステンにメッキをした偽物を摑まされたんですよ」

サントスが渋い顔をしたが、通訳させた。

「私が砂金を日本に持ってきたら買ってくれますか？」

とファミリーの一人から質問された。

（えっ！）

「考えてみます」

今までとは真逆だ。関にはリスクがない。

（やっとまともな話に巡り会えたかも。食事に招待してよかった！）

ファミリーと玄関前で記念撮影をして別れた。

〈今度、鉱山大臣が来日するので、面会してはいかがですか？〉

と、駐日コンゴ民主共和国大使館のスタッフの山村からメールが届いた。

〈もし可能ならよろしく〉

と関は返し、サントスにメールを入れた。

〈関さんが会う必要があれば会ったほうがいいと思いますが、でも会ってどうするのですか？〉

とすぐに返事がきた。

〈会うなら君も一緒に！　そして会ったら、僕の金のライセンスはまだ有効か？　それとコンゴ人は詐欺師ばかり、というつもりや〉

と再度返事をした。

〈ライセンスの確認は、ライセンスオフィスに問い合わせることです。また、詐欺師ばかりと告げるのは、キンシャサに行って大統領に直接話すほうがいいですよ〉

と返ってきた。

（こいつ、言うことがまともになったな。なんでや）

〈分かった。しかし、僕が大統領や高官と会っても構わんのか？〉

〈問題ありません。ところで来週、私の彼女を紹介したいのです〉

六月一二日午後一時半。門前仲町駅で、サントスとフランスからやってきた彼のフィアンセと待ち合わせた。

（いつの間に彼女ができていたのや。しかもフランスで）

関は門前仲町の裏通りにある焼き鳥『太鼓鳥《たいこどり》』に二人を誘った。

太鼓鳥は昔の風情が残る外国人受けする店構えだ。入口に暖簾《のれん》が掛かっており店内に入ると右に六人ほど座れるカウンターがある。左には平行して四人がけの座敷が二つ。奥には掘りごたつ式の個室もある。店内はそれほど広くはないが、のんびりとくつろげるので関は良く利用する。

四〇代後半の店主はこの道一筋で、フィリピン国籍の若い奥さんが手伝っていた。奥の掘りごたつ式の席に三人は座った。

「ハウ・ドゥー・ユー・ドゥー」

関が抱いていたイメージとかけ離れ、どこにでもいそうな三〇歳を少し超えた黒人の女性であった。フランス生まれで国籍もフランス。女性二人のコメディアンをしており、一度もアフリカに行った事がないとのことだ。

いつもの焼き鳥コース七本を注文した。フィアンセはアルコールが飲めず、グレープフルーツジュースを注文。野菜サラダ、鳥のたたき、それに鳥の刺身。予想以上のボリュームだったのか、彼女はサントスに焼き鳥二本を譲っていた。

彼女の最初に覚えた日本語は「すご〜い」という言葉だという。

「この言葉は昨日ベッドで覚えたの？」

と尋ねると、

「オーノー」

と目を丸くしてサントスの顔を見つめるのだ。

「ハウメニ・タイム？」

また、サントスの顔を見つめる。

「スリー・タイム」

関が突っ込みを入れた。

「僕の下ネタは外国人にも通用するんや」

「ところで関さん！　彼女の父親はアンゴラの大統領の義理の弟ですよ」

「アンゴラも砂金と石油の国やな」

「そうです。だから私はこの娘と結婚しようと思っているのです」

「そうか。だったらキサンガニの鉱山所有の娘は二号にするのやな」

「そうです。そのつもりです」

（こいつ。最近になって、どうして親戚や彼女を僕に紹介するのや？　集団詐欺？）

関は疑いつつも、彼女のことをフィアンセと呼ぶことにした。

食事も終わり、新宿駅までタクシーで送るようサントスに指示。

「サントス！　彼女、日本語は分からんやろ？」

「もちろんです」

含みのある笑いである。

「明日は競馬場に連れて行くから」

快晴だった。

関、サントスとフィアンセの三人が新宿から京王線で東京競馬場に向かった。

彼女はフランス在住なので当然、凱旋門賞《がいせんもんしょう》の知識はあった。

競馬場では知り合いの馬主に強引にお茶をせがんだり、東京競馬場のレース前の競走馬たちが集まるパドックにも案内。

馬主席での二人は、馬券は買わなかったが、レースが始まるとキャッキャと騒ぎ、堪能した様子で笑顔が絶えなかった。

「ぼつぼつ帰ろう」

競馬を早々に切り上げ、時間が早かったが四時から行きつけの『しゃぶ禅』での食事。サントスへの後方支援だ。

「どうだった。今日は？」

「ええ楽しかったです」

関は一応手ごたえを感じていた。二人の仲睦まじい笑顔がそれを物語っている。

七月に入りサントスとの連絡が密になってきた。彼が、昨年キサンガニで一万ドル預けた相手に連絡をしたところ、

「砂金は今手元にない。サントスのカネは、すでに機械を買ってなくなった」

とのことだった。

（その一万ドルはウガンダで僕を騙したカネでは？）

「それは困る。あなたに預けたカネは砂金を買う資金でしょう。今度行ったときに必ず砂金を渡してください、と念を押しました。すると半分でも頑張って採取します、と返事がありました」

関は駐日コンゴ大使と食事をすることになった。数か月前に「コンゴという国は全てペテン師や！　今僕は小説を書いている。今まで騙されたコンゴの国と人々のことを」と言ってゲラ刷り二〇〇枚ほどを見せていた。

山村に連絡を取り依頼すると、即「ＯＫ」と返ってきた。

いつもの『しゃぶ禅』で土曜日に会った。

「久しぶりです」

関はざっくばらんに会話を始めた。

ムウエンダ臨時大使は、数年前に脳梗塞になり塩分控えめの料理しか食べられなかった。

「奥様が心配して、関さんに伝えてと言われました」

山村が関に告げた。

「奥さんは、まだ大使が日本でおカネを残してないから、残すまで死ぬな！　と思っているのでは、と通訳してください」

と関は促した。

「それは……」

と山村は一瞬、言葉につまったが、通訳すると大使は腹を抱えて笑い出した。

「私はキンシャサに妻が所有している土地で農業をしたいのです。そのためにトラクターを手に入れたいのですが、どうすればいいのでしょう。以前から農水省に働きかけているが、一向に返事がないのです」

「あのネ。当たり前です。国というのは、発展途上国や自治体に援助や補助をするので、個人には絶対しません。だったら、あんたが私のビジネスをフォローしてくれるならトラクターの一台や二台プレゼントしますよ」

関は非常識な依頼に口をへの字に曲げた。

「オー、サンキュー。私と仲のよい国会議員がキンシャサにいますので紹介します。それと、キサンガニに行かれたら、現地の警察に関さんが、安全に行動できるよう紹介状を書きます」

臨時大使の顔が満面の笑みに変わった。

「ところで、私の自宅は浅草橋《あさくさばし》の大使館内にあります。関さんの自宅が通り道でしたら近くまで送りますよ」

「サンキュー」

車種は黒塗りのベンツである。

(大使館はカネが窮屈と言われているのにベンツとは)

車内でも会話が弾んだ。だが関は英語が話せないので愛想笑いだけに終始した。

翌日、山村から連絡があった。

『もし、大使と一緒にビジネスをやるなら第三者を入れないでください』

との臨時大使からの伝言だった。

（この大使も自国のことを信用してないのだ）

サントスから電話が入った。

『この前、来日した私の叔父や叔母が是非、関をキンシャサに呼びなさい、と言ってます』

「何しに行くんや」

『この前の食事の時に話したビジネスのことや、私が一万ドルで買った砂金の話です』

「キサンガニか？」

『はい。それと、いとこの結婚式があって、関さんがコネクションを欲しいのであれば行くべきかと』

その日の夕方、関は渡辺に詳細を報告した。

「いいでしょう。今さら少しの支出は我慢しましょう。おなじ後悔なら、行動せずに後悔するより、行動して後悔しましょう」

「しかし経費が……」

「大丈夫です。今回は観光気分で行ってください」

「申し訳ありません」

「何も謝る必要はありませんよ」

「ありがとうございます。どうせ行くなら何かアクションを行ってきますので」

関はとりあえずコンゴのマンチンカブウエルル鉱山大臣が来日の時に陳情したことを思い出し、本人にメールを送ることにした。果たして返事が来るかどうか、あまり期待はできない。おそらく大臣に利益がないかぎり、返事はこないだろう。

七月の半ばは夏本番で、各地三八度や四〇度と猛暑が続いた。時の過ぎるのが関の年齢が増したせいか早く感じられた。出発が迫ってきたが鉱山大臣からは音沙汰なしである。所詮調子よく体面をつくろっただけだろう。返事をあきらめた。

二〇一六年八月九日、日曜日、ターキッシュエアラインズで出発。この日は目覚めも良かった。機内ではビジネス席である。サービスは日本の航空会社が一番ということは今さら言うことではないが。機が飛び立つと食事が出され、終わるとすぐに機内の電気が消され真っ暗になった。まだ時間は午前一一時前だ。客に寝ろと言っているようだ。TVを観るか、音楽を聴くしかなかった。関は仕方がなく寝ることにした。サービスも悪く、外国人アテンダーは客のことより自分たちのペースで業務を行っているようである。

イスタンブールに到着すると今度はアクシデントが待っていた。同伴したサントスのパスポートに問題があった。トランジットが一八時間だったので、市内のホテルで仮眠する予定だった。しかし、トルコの入管は、パスポートの有効期限が六か月以上ないと、空港外に出さないというのだ。しかし「何とかお願いします」と言うと、

「高くつくよ」

と言われた。二時間ほどたらいまわしにされた後、一万五〇〇〇円のリベートとビザ（本来の料金六〇ドル）を支払い、一日のトランジットのための入国が許可された。

「日本だったら、パスポートの有効期限が短いですから、気をつけてください、で済む話や。決

してリベートの要求などせんぞ」

「本当ですね。日本は素晴らしい国です」

「だから君は日本に留学して移住？　したんやろ」

「イエス。今も勉強中ですが」

「トルコのばかやろう〜」

関たち二人は、タクシーで空港から五分走り、日本で予約しておいたWOWイスタンブールホテルで仮眠を取った。

部屋代は日本円で一万五四〇〇円。ちょっと高め、部屋はそれほど広くないが、シャワーの強さは満足できた。

イスタンブールは気温三二度。空気は乾燥し、猛暑の日本に比べ過ごしやすく、朝夕になると肌寒い感じさえした。十数時間のトランジットをホテルで過ごした後、気持ちよく空港に向かった。

何のトラブルもなくチェックインを終えた。

「僕はビジネスラウンジへ向かうからね」

ラウンジは広く清潔感はあるが、食べ物の種類が乏しい。日本人には物足りなさが残るかもしれない。

ラウンジからキンシャサ行きの三一〇番ゲートまでかなりの距離があった。

ゲートからバスに乗り込むと搭乗機まで一五分。

「いや〜、君たちはキンシャサに行くの？」

バスの中で日本人女子学生の団体と遭遇、思わず声をかけてしまった。

「ええ。私たち応慶大学の学生三〇名ですが、姉妹校へ視察を兼ねていくのです」

どこか娘の智子に似た学生が笑顔で答えた。

「すごいね！　まだ二〇歳そこそこでアフリカに。親御さんは心配しなかったの？」

「ええ、大丈夫です」

女子学生の数人が元気よく答えた。

（智子だったら僕は反対したかも）

「時代は変わったね。そして世界は狭くなり、若い人たちの時代になっていくようだね」

（日本人も捨てたものではないな。若い世代が頑張ってるのや）

関は自身に言い聞かせた。

（僕も負けずに頑張らんと）

あきらめかけていた、コンゴでの仕事に勇気をもらった気がした。

付き添いの先生にも愛想よく挨拶をした。

「君たちのような若者が世界を知ることは素晴らしいと思うよ」

飛行機に搭乗し、座席に腰をかけると、関は娘の智子のことが思い浮かんできた。

（僕がもっとしっかりしていたら、あいつも平穏な人生を歩めたのに……）

目頭が熱くなった。

「寒い。冷房が効き過ぎとる。夏だから半袖でええと思ったが、間違いだったな。長袖を用意してきたらよかった」

後の祭りである。

「ホット・グリーン・ティ・プリーズ」

体を温めるためだ。

「ソーリ。ノードリンク」

「オーケー。コフィー・プリーズ」

期待はずれのイスタンブールいやインスタントである。

食事タイムが終わり、機内の照明が消され真っ暗になった。ビデオを観ようとするが、リモコンをうまく操作できず、諦めて寝ることにした。その前に、窓のシェードを開け景色を眺めたが、雲に覆われ何も見えず、眼下は白一色である。

キンシャサは日本と八時間の時差だ。日本時間の一一日の午前三時四〇分に到着だ。成田を出発してトランジットも含め四一時間と二〇分である。

「やっとキンシャサ空港に着いたか」

二～三年前の空港施設は、施設を照らす照明がなかった。

「前回来たときは薄暗かったが、空港施設が新しくなったな」

暗闇の中でも空港施設を照らす照明が、明るく近代的に輝いていた。

今回は希望に満ちた展開になると期待しホテルに直行した。

「まずは腹ごしらえや。サントス、飯に行こう」

「ええ。ロビーに私の父が待っていますから一緒に」

「親父？」

（どうして今になって会わせるのや）

ホテルのロビーはレストラン兼用でテーブルが一〇席ほど。白い布製のテーブルクロスが敷いてある。床は人工大理石が敷かれ、一瞬中国のホテルと見間違えるインテリアである。

「初めまして！」

「ウエルカム！　関さんには大変迷惑をかけていると息子から聞いています。鉱山大臣とは仲良くしていますので私に任せてください。ただしチップがいりますがよろしいですか？」

「いくらくらいですか」

おやじが腕を組み考え出した。

「マックス一万二千ドルです。すべての事務手続きも込みです」

「わかりました」

父親はすでに八〇歳近くで、頭は白い薄毛であるが皮膚の色が茶褐色である。ベルギー人の血が混じっているとのことだ。関は父親にデコをぶつけるコンゴ特有の挨拶をされた。

「お土産です」

レトルト食品のカレーやビーフシチューを日本の土産に手渡した。

「オー。ベリー・サンキュー」

好評である。

「サントス。ここのホテルは中国企業が建設したんやろ」

「そうです。分かりますか？」

「分かるわ。だって、壁のところどころの下地が丸見えや。中庭には冷暖房の屋外機がむき出しやさかいな」

翌日、同じホテルでサントスの叔母（二号さん）の主人の本妻の娘の結婚披露宴が行われた。関もサントスとともに披露宴に出席することになった。

「ユーはサントスのフィアンセですね」

「オーイエス。ジャパンではお世話に……」

関とサントス、彼のフィアンセは、招待席が同じであった。

「おばさんの旦那は何してる人や」

「名前はユマといい、国の仕事をしていて、本業は国軍の制服（軍服）を一手に製造しています。そして、この国でトップクラスのビジネスマンです」

サントスの言葉は嘘でなかった。

結婚式の出席者は総勢二〇〇〇名を優に超え、来賓も軍服姿や政府の要人の姿が大勢確認できた。

（こいつ、本当はいいとこのファミリーなのか）

関はテーブルに並ぶ高級赤ワインを手に取った。

「このワイン、いくらくらいするかな」

「五万円くらいです」

「なるほど」

テーブルには無造作に五〜六本のワインやシャンペンがおいてあり、なくなるとボーイが新しいボトルを持ってくる。

「ところで、君が一万ドル貸した相手から、砂金は手に入ったのか？」

「いいえ。こっちに来るのが一〇日延びてしまいました」

「僕が帰国した後か？」

「そうです」

「期待はしてなかったけどな」

盛大な披露宴も終わり、翌朝になった。関とサントスはロビーの喫茶店にいた。

「君の親戚とのビジネスの話は」

「砂金のことですが、価格面で合わないと」

「やっぱりな。それだったら僕がここまで来る必要はなかったのでは？」

サントスは一呼吸置いた。

「叔母が、今日の夕飯を自宅に招待したい、と言っています」

「することもないので、お邪魔すると言っておいて」

関は部屋に戻りベッドに横たわった。

「うるさいな」

部屋の電話が大きく鳴り響いている。

「寝てしまったのか」

時計は五時半を過ぎていた。

「はい」

『私です』

サントスだ。

「すぐ下りる」

『行きましょう。叔母も待っています』

車で町中を二〇分ほど走った。陽はすでに落ち、街灯のない道路である。車がすれ違えるほどの道の行き止まりに着いた。大きな屋敷である。

「ここです」

「叔母さんって二号さんやろ」

「ええ」

「すごい豪邸やな。想像できんかった」

幅五メートルほどの大きな門、豪邸を取り巻く塀の上に、数台のセキュリティカメラが絶えず動いている。

「良く来られました。日本ではありがとうございました」

「こちらこそお招きいただき……。サントス！　本当にお前の叔母さんか？　信じられない」

関は二日後帰国した。

「サントスのファミリーは富裕層ですね」

翌朝、関は渡辺の事務所に報告に訪れた。サントスは八月一九日に帰国した。

二〇日午後一時、サントスが、報告のため事務所にやってきた。

「お疲れ！　疲れたやろ。まあ座ってコーヒーでも飲み」

サントスは疲れた様子もなく顔艶がよく目の輝きもよかった。

（ええ報告が聞けそうや）

淡い期待を抱いた。

「書類は？」

目の輝きがなくなり、うつむき加減になってしまった。

「ないのか？」

口調が厳しくなった。

「おかしいのでは。僕が帰国後、うまく手続きができたので一万二〇〇〇ドルを振り込めと親父さんのメールを転送してきたやろ」

「すいません！　書類をもらいに行ったら法律が変わり、鉱山大臣ではなく、首相のサインが必要になったのです。今はそれ待ちで、ユマさんに直接電話を入れてもらいました。今月末までお待ちください」

関は冷めたコーヒーを口に含んだ。そして一気に飲み干すと大きく息を吸った。

「間違いないな」

低い声で言い、サントスの顔を睨みつけた。結局、サントスの報告はすべて中途半端なものであった。数か月があっという間に過ぎ二〇一七年三月となった。

「砂金ビジネスを始めて、常に不安要素がつきまとっています。潮時ではありませんか？」

「そうかもしれません」

「アフリカでのビジネスですが、続けるのでしたら、砂金だけにとらわれるのではなく、現地に必要なビジネスを考えてみてはいかがでしょう」

二週間が過ぎた。

「今どこや」

ライン電話でサントスに連絡した。

『キンシャサです』

「なんでそこにおるんや」

『関さんに迷惑をかけたおカネを返そうと思い、コンゴで何ができるか模索しています』

「…………」

『今は、何も言えませんが、必ず迷惑をかけたおカネはお返しします。それとサムライコーポレーションの復活手続きはすべて完了しています』

「砂金の扱いライセンスも大丈夫か？」

『はい』

関の懐は底をついていた。コンゴで騙され続けた痛手だ。口には出さなかったが渡辺の資金にも影響していた。関の体重が八三キロから減り、いつの間にかズボンのベルトに余裕が出始め、頬が落ちこんでいた。

「これ以上コンゴでの砂金探しはあきらめましょう。関君の今後のことは考えますから当分はゆっくりしてください！」

渡辺の吐いた言葉である。

第七章　あきらめた

関の葛藤が数日間続いた。

「サムライコーポレーションは未だ活動していません。人材もいませんしね」

渡辺の意見である。渡辺に言われた通り手を引くことになった。

一か月後、関は北海道浦河に。牧場で引退馬の世話をしていた。

「関さん！　慣れましたか？　毎日寝藁の上げ下げや馬糞の掃除など疲れるでしょう」

養老牧場の『浦河町ふれあいファーム』で作業をしている関に山口秀則《やまぐちひでのり》が話しかけてきた。

この牧場には、牡雌二五頭が在籍、最年長馬で二五歳、一番若い馬は生まれて一年で前脚がクラブフット（蹄形異常）で競走馬にならないと競走馬育成牧場で言われ、競走馬として価値がないとオーナーに処分されるところを黒田初美《くろだはつみ》が引き取ったのだ。

関が引退馬の余生を安心して過ごさせてやるため六年前から『浦河町ふれあいファーム』の代表である黒田をネットで見つけ、微力ではあるが応援していた。

代表の黒田は東京で商売をやるかたわら、収入のほとんどをこの『浦河町ふれあいファーム』のために寄付している。月に一度は訪問して馬の世話や牧場周辺の草刈り、そして馬の堆肥を利用したニンニクの有機栽培を進め、自身の心のケアを楽しんでいるらしい。

関も心が折れた時、また悩んだ時には、エネルギーをもらいに同牧場を訪れた。浦河から十勝帯広空港に向かう帰路では、いつも新鮮な心持になっていた。

だが一年前から満足な援助ができなくなっていた。

それでも山口は関の優しい人柄を理解して、今までの付き合いから温かく受け入れた。

「関さん！　人生いい時も悪い時もあるさ。またよくなったら、面倒みてくれればええから。好きなだけここにいたらええよ」

と言ってくれた。そして、

「関さんなら必ず、もう一度立ち直るとおらは信じとるよ。だって今まで何年間も、この馬たちの面倒を一円の得にもならないのに援助してくれたんだしさ。馬たちもきっと見守ってくれるよ」

関の目からうっすらと涙がこぼれ落ちた。山口には知られないよう、馬房の中に入り馬糞の掃除を続けた。牧場の一日は長く重労働である。朝四時に起き、馬に餌を与える。餌を馬たちが食い終わると放牧。その後、各馬房の掃除だ。馬糞や小便をした寝藁の入れ替え、汚れた寝藁を堆肥場に運び、その後、厩舎内の清掃。もちろん放牧地に配置された水桶に水の給水。日が暮れる前には、馬を放牧地から厩舎に入れるのだが、各馬房の餌桶に晩飯の餌を用意、いよいよ各馬を厩舎に入れるのだが、馬の世界は強者が一番先に放牧され強い順番に厩舎に入れられる。馬たちは必ず強い順番に並んでおり、弱い馬が横入りしそうものなら追いかけられたり蹴られたりするのだ。

作業はこれで終わりではない。夜の九時頃に夜食の餌をつけてやらなければならない。この作業を三六五日繰り返す。命の世話をするということは並大抵の気持ちではできないのだ。

関は牧場に着いてからも悩み続けていた。

（僕のこれからの人生って何をやれば……）

自分を信じてくれる人間が、そばにいてくれたことが何よりも嬉しく、勇気づけられた。

「秀則、すまんな。牧場の応援も当分できないけど、我慢してくれな」

そばに近づいてきた山口に話しかけた。

「関さんって、意外とナイーブなんだな」

「何言うてんの、今さら。僕はもともと性格が優しいし、すぐに人を信じてしまうんや。だから引退馬の命の尊さを知って援助してきたのや。でも今は……」

話を止めると、馬房の馬糞をボロミ（チリ取りの大）に掃き込んだ。

「でも、東京にいるときに比べると刺激はないけど、平和で心が洗われるよ」

関は数度となくアフリカで騙された。人を信じやすいのか、欲が強いのか、表裏一体だと思った。

浦河は競走馬の産地としても有名で、『浦河町ふれあいファーム』の周囲は春のあたたかな気候とともに種付けの季節がやってきた。

「関さん。当分収入が見込めないと思うので、強運な繁牝馬を二か月前に引き取ったんだが、種付けしてみねえか？」

「なんだって？」

「上川《かみかわ》牧場の従業員が、肉になる牝馬がいるから、うちの養老牧場でもらってくれないかと、言ってきたんだ。関さんに連絡したが、連絡が取れなくて、もう一人の支援者の黒田さんにしただ。そしたら関さんは、今大変だから私が責任持つからと、二つ返事でOKがでたのさ」

「黒田さんらしいな」

「種付け料は僕が立て替えるから、関さんがよくなったら返してくれればええ、子供が生まれたら売ってもええし、関さんの、友人に買ってもらえばええしな」

「少し考えさせて」

関は迷った。この『浦河町ふれあいファーム』はNPO法人で八年前に設立したが、すべての運営資金を黒田の寄付金、少しの一般人からの寄付で賄っていた。しかし、今は毎月数十万円の運転資金が滞り、養老馬の餌代にも四苦八苦している状態だった。

人間が与えた命を人間の都合で粗末にすることはできない。妻の死に直面できなかった後悔から〝命の尊さ〟を考えるようになり、関は毎月五万円を寄付するようになった。

浦河の朝は肌寒く、関は平凡な毎日を過ごしていた。

毎朝、放牧前の餌つけを終え馬たちを放牧する。

そんな中で関が朝の作業である厩舎の掃除を終え放牧地に顔を出すと唯一、一頭が牧草を食べるのをやめ、関の呼ぶ声に反応、関のいる牧柵のそばに近づいて来るのだ。

「おい！　バラディ！　僕のことが好きなのか」

この元競走馬は、中央競馬で五戦して未勝利で、地方の岩手競馬に移り一二勝したが、八歳で引退。体重は四三〇キロ足らず。競走馬として大きな馬体ではないが、頭がよく、いつもスタートはどん尻。直線になるとスパート、それでいて、いつも掲示板にのっていたのだ。

同馬と一緒に放牧されているテンチジン牡一二歳に関が絡まれ噛まれたりすると、いつも割って入り、助けてくれるのだ。

放牧地は春を迎え、牧草の青い新芽が一斉に生え茂り、現役を終えた馬たちが厳しい冬を乗り越え、待ちに待った御馳走をシャカリキに食している。

関が新芽の牧草を摘み、バラディの口元に差しだすと、上手に関の手を噛まないよう気遣って食べるのだ。もう片方の手で鬣《たてがみ》をなでてやるのが日課となっていた。

バラディは関のことを覚えているのか、じっとされるがまま春の暖かい太陽の日差しを一緒に心地よく浴びている。平和な時間が一時間ほど過ぎた。

「関さん。黒田さんから、昼に十勝帯広空港に着くから迎え頼む、と連絡があって、迎えに行ってきます」

「そうか。僕はここで馬たちとゆっくり日向ぼっこしとるわ。すまんけどよろしくな」

この牧場に引退馬は牡一〇頭、雌一五頭が在籍している。親子や兄弟が、同じ牧場で引退馬として一緒に生活しているのはここだけである。それだけ関の思いと山口や黒田の思いの結びつきが強かった。

数時間が過ぎた。どこかで関を呼ぶ声がした。黒田だ。

「関さんはいいですね。のんびりと馬たちといられて。私もここで一緒にいたいですよ。関さんとではないですよ。勘違いしないでくだいね」

四五歳過ぎには見えない若々しさだ。

「なんや。元気そうやね」

「そうかもしれませんね。でも本当は馬たちに会えたことが、めちゃ嬉しいのです」

「よかった」

「何か言いました」

山口は二人の会話を微笑みながら聞いていた。

バラディのそばで一緒に放牧されているテンチジンが仲良く食べていた。

「本当にここは心が救われますね。関さんもいい加減ここで英気を養えたでしょうから、何か考えているのでしょうね」

「おいおい、何を言い出すのや」

「私はいいですけど、この馬たちを路頭に迷わすわけには行かないでしょう。関さん以外、誰も資金を応援してくれませんよ」

「追い打ちをかけるなよ」

「だって、関さんにも責任がありますからね」

黒田は関に久しぶりに会って確信した。この人はこれで終わる人ではないと。そして、見逃さなかった。目の輝きが完全に蘇っていたことを。

あわただしく一泊二日の強行スケジュールで黒田が帰京した。

ある日、数か月不通だったサントスからラインが入っていた。

（なんや、今さら）

しばらく画面を閲覧することなく無視していた。だが、その後、何度もサントスからラインメッセージとラインコールが続いた。読むまでラインすると言っているようだった。

〈関さん、長いこと連絡ができなくて申し訳ありませんでした。一度キンシャサに来ていただきたいのです。チケットを送りますので。詳細はこちらに着いてからお話しします〉

（何をいまさら。もう僕からは何も得るものはないぞ）

関は返信せずに無視を決めた。

だが、サントスは既読を確かめたのだろう、翌日にはラインでターキッシュエアラインズのビジネスクラスのEチケットが送信されてきた。チケットはオープンで日程が決まりましたら知らせてください、とのメッセージ付きであった。

関は残りの人生をこの『浦河町ふれあいファーム』で過ごすことも考えていた。養老馬の生活を維持していくには、何かこの牧場で立ち行くビジネスが必要だ。数年前から馬糞の堆肥による牧草地の土壌改良で畑づくりに着手し、その畑でニンニクのテスト栽培をしていた。

しかし農業とは難しく、素人が簡単にできるものではなかった。

元は放牧地のため土壌が固く、土を耕してもサラサラではなく塊になる。せっかく作付けしても、収穫時には粘土のような土壌で、ニンニクを抜こうとしても土が絡まって抜けないのだ。年に何度となく馬の堆肥や鳥の糞、石灰を撒いて、何とか肥えた土壌に改良しようとするのだが、結局は時間との闘いだった。そして、五〇代の関には再起のチャンスがあった。

関は残りの人生はニンニクづくりで牧場を盛り立てようと決心しかけていた。だが、それにはやはり資金が必要と、毎日、放牧地で馬たちを眺めながら悩んでいた。

「あ～あ。僕ってなんて今まで馬鹿なことばかりやってきたんや。真面目にしていたら数千万のカネが残っていたのに」

後の祭りであった。分かっていても関は嘆いた。

放牧地の同じ場所で、馬相手に独り言をしゃべることが日課となっていた。日増しに関の焦燥は募っていった。携帯が鳴った。知らない番号だ。

「関ですが、どなたですか？」

『龍です』

「龍？　番号が変わった」

『あっ、会社の携帯です』

龍は若手経営者として売り出し中だった。

『関さんは、まだアフリカでビジネスをやってます？』

「うん。それが？」

『会いませんか？』

関には断る理由もなく快諾した。

真のパートナー

築地の『すしざんまい本陣』で龍と再会した。

「久しぶり。その後、どうしてました」

龍が目をくりくりさせて微笑んだ。

「龍さんこそ元気だった。以前から言っていたアフリカのビジネスは検討してるの？」

「ええ先生。うちの社員でコンゴに行ってもいいという社員が現れましたので、真剣に考えようかと」

龍は関のことを中国式に先生と呼んでいた。

「私は渡辺さんとキンシャサにサムライコーポレーションという会社を設立してあるけど。いつからでも活動は容易にできるよ。そうや、よかったら一度コンゴに行こうよ」

「いいですね。ぜひお願いします」

「そういえば、今は電力不足だからWWBにはピッタリやと思うよ」

「そうです。私の会社は太陽光パネルの製造をしているので、どこでも発電できます。井戸を掘って電動で地下水をくみ上げることもできます。ぜひやりましょう」

「分かった。エアーはターキッシュが便利やからね」

龍潤生《じゅんせい》は早稲田大学を卒業し、会社員経験を経て、今は太陽光パネル製造、光触媒、などのメーカーや産業用建機の仕入れ販売会社の実質オーナーである。現在東証二部に上場している若き事業家。

「僕は渡辺さんのコネクションと龍さんのマンパワーがあれば将来有望や」

「先生。よろしくお願いします。ベトナムに続いてエジプトでも弊社の太陽光パネルの製造工場を建設する予定ですので好都合です」

「それじゃ、サントスに連絡して今後のスケジュールを計画させるわ」

一週間後二人はキンシャサにいた。

「サントス！　急にどうしたんや？　チケット代はどうしたんや？」

「訳はゆっくり後で話します。それよりその人を紹介してください」

「アッ。龍さん、彼はサントスといって……」

関の話の途中で龍が話し始めた。

「私、龍といいます。今回はお世話になります」

「関さん！　今回は私に任せてください。私の父からも全面協力しなさい！　と強く言われていますので」

「分かったが、どこに行くのや」

「任せてください。カタンガに行き、知事に会います。知事は喜んでいましたよ」

カタンガ地方は、キンシャサから一五〇〇キロほど離れ、コンゴ民主共和国の第二の州として栄えたが二〇一五年に政府の政策で四つの州に分割された。

その中心であるオーカタンガ州の中に位置するルブンバシ市に空港が整備され、鉱山都市として栄えている。しかも隣町にも鉱山が数多くあり、外資系鉱山会社の進出が目覚ましかった。

「君の言うことは信用できんからな。ほんま調子がええやっちゃ」

横で龍は二人の会話を黙って聞いている。

「私の名刺です」

名刺をサントスに手渡した。

「名刺なんか渡す必要ないよ」

「でも関さんはサントスのことを心では信用しているのでしょ。でなければ、ここまで来ませんものね」

龍はサントスに微笑んだ。

「私は、いつも関さんにはいじめられて痩せる一方なんです」

サントスが目を丸くし、整った顎髭を気持ちよさそうになでている。

「あほ！　どこが痩せてんの」

関の目が笑っている。

「とりあえず、明日からの予定を教えてください」

「今日は長旅で疲れた。晩飯の時に聞くよ」

「そうですね。私も寝不足で少し疲れました」

龍も同意した。宿泊したインターコンチネンタルグランドホテルは、コンゴ民主共和国がザイールと呼ばれていた当時と打って変わり、老朽化した建物は近代的な装いに変貌していた。

「龍さん、ラウンジでお茶して休みましょう」

「そうですね。アフリカも日本と変わりませんね」

翌朝七時、三人は国内線ロビーにいた。

「今から四時間ほど、また飛行機やな」

「コンゴの飛行機は安全ですか？」

龍が尋ねた。

「ええ、まだ一度も墜落したことありません」

「信用できるか。墜落しても報道せんから落ちたと分からんしな」

三人は機内に乗り込んだ。関は窓際に押し込められ、龍、サントスの並びとなった。

「僕は寝ますので起こさないでください」

「私も」

関以外はすぐに眠りに入った。

カタンガ地方は、キンシャサより東南東の位置にある。

飛び立ち三〇分経過した。眼下に映るのは、大草原と緑に覆われた山々と森林である。

「アフリカって緑一色やね」

隣に声をかけるが、龍はすでに、小さな寝息をかいている。昨日は時差のせいで睡眠がとれなかった。関も睡魔に襲われ、あっという間に寝てしまった。

何時間たっただろう、誰かに体を揺り起こされる感触がした。

「着きましたよ。ルブンバシ国際空港に」

「思ったより近代的な空港やね」

「いつの時代のことを言ってるのですか?」

「…………」

確かに空港全体は、日本の何倍も広大であったが、施設は地方空港を二回り大きくした規模感であった。しかも、空港施設は鉱山収入が多いのか天井も高く照明もLED照明を設置してあり、明るく、人工大理石らしき床も美しく清潔感があった。

「アフリカを馬鹿にしていたようや」

「そうですね。一昔前のイメージを抱いてましたね」

龍から感激の弁が発せられた。

「僕がコンゴ民に来たらいつも快晴や。この国は僕をいつも歓迎してくれてるのや。僕はたいして歓迎してないけどね」

「コンゴ民はあまり雨が降りませんよ。今日は今からホテルにチェックインして、すぐに知事に会いに行きます」

「休憩なしか？」

「はい。知事も多忙で今日しか時間がとれないのです」

「何時の約束？　できればシャワーを浴びたいのやけど」

「私もです」

「分かりました。ホテルまではここから一五分くらいのプールマンカラウイアホテルを予約してあります。三〇分くらいなら大丈夫です」

想像以上の規模

「立派な建物やな。よく知事とアポが取れたね」

「私のコネです」

サントスは、ガッツポーズをして見せる。

「おばさんの旦那さんやろ」

日本とキンシャサで一緒に食事したサントスの叔母さんの旦那は有力者である。

「そうです」

「あのホテルがそうか」

「そうです。パスポートを預かります。チェックインは私がしてきますので」

ホテルのロビーは広くヨーロッパの調度品が置かれ、壁には何号だろうか、大きな絵画が飾ってある。ビジネスマン風の白人と、派手なネクタイを締めたコンゴ人と思しき人々が、忙しそうに行き来している。

「ルームチャージがいくらか知らんが、清潔感があってほっとしたね」

「私は会社の経費で落としますから」

龍が平然と答えた。

「よかったら、僕のも龍さんの会社で払ってもいいよ」

「考えときます」

「ケチ」

「関さんと龍さんのルームキーです。では三〇分後にこのロビーで」

知事と対面

関たちを乗せたタクシーは、官舎のゲートで止められた。

「さすが州知事の官舎だけのことはあるな」

入口のゲートには、両サイドに自動小銃を肩から下げた兵士が、出入りする人々を厳重にチェックしている。

「知事と面会する関と龍とサントスです」

「ＯＫ」

持ち物を金属探知機で検査されたのち、通行の許可が出た。建物は五階建てで外装はガラス張りになっている。

「築一〇年は経過していますかね」

龍が建築物に多少の興味があるのか、ロビーに入るなり告げた。

「ミスター・セキ？」

白い歯をのぞかせた笑顔の女性が、関の疲れを吹っ飛ばした。

「イエス」

「おう。可愛い！」

思わず関の口元が緩んだ。案内する彼女の後ろを、三人がついていく。

「すごくヒップアップで足が長いな。しかもウエストがきりっと細く引き締まっとる。モデルみたいやな」

「そうですね。歳のころは二〇代半ばというところですね」

龍も関と同じように興味を示している。

エレベーターで最上階の五階へ上がった。

「同じ空気を吸えるなんて幸福や」

「関さん！　何を考えてるのですか？」

サントスにたしなめられてしまった。

エレベーターのドアが開いた。

目の前に三人の男が笑顔で立っている。

「ハウ・デュ・ユ・デュ！」

真ん中の恰幅の良い六〇歳過ぎの男が関に手を差し出した。

「彼がオーカタンガ州の知事です」

関より身長が高くおそらく二メートル近くあるのでは。がっちりと握手をする関。

「立ち話もなんですのでこちらへ」

知事は高級なスーツを着こなし原色のブルーのワイシャツに真っ赤なネクタイ姿である。

(外国人って派手なカラーが似合うな)

三人は五〇坪ほどの応接室に通された。まず壁に飾ってある一〇〇号ほどの額縁に入った人物の顔写真と国旗が目に入った。

「あの方が貴国の大統領ですか」

「ウイ！　我が国はまだまだ貧しいのです。良いパートナーを求めているのです」

会談が二〇分続いた。

「わかりました。知事が約束してくれるなら村のために尽くしましょう」

困った人々のため

関と龍の二人は、準備のため日本に戻り、日を改めて渡辺のもとを訪れていた。

「私たちはサントスの招待でカタンガに行き知事と面談してきました。そして知事に困っている村を助けてほしいと依頼されました。特に水を……」

「そうです。私もそのプロジェクトに少ないですが一〇〇〇万円寄付させていただきます」

龍は見ず知らずの人々のため、身銭を切るという。

「すいません。砂金とは全く関係ありませんが、許可していただけませんか？」

「いい話ではないですか。砂金の夢は破れたかもしれませんが、コンゴ民の人々のためにお役に立てるのなら大いにやりましょう。それに大した費用も掛からないようですし」

三人は大きく笑った。

三か月が過ぎ、エチオピア航空でエチオピアの首都アディスアベバ南東の町ボレ近郊にあるボレ国際空港を経由してカタンガに入った。関と龍はサントスと再会した。

「サントス！　村長はどこや」

小高い丘に小さな集落が見えた。小さな家らしき建物が十数軒並んでいる。そんな集落があちこちにあり、この村を形成している。

村の一方に大きな森林地帯がそびえ、もう一方には遠くまで畑のような景色が見えた。

「もう少ししたら来ます」

多くの村人が、物珍しそうに掘削現場の周りを取り囲んでいる。

「本当にこんな場所から水が出るのかな。村人の期待はすごいぞ」

「大丈夫だと思います。どのくらい掘らなければならないか分かりませんが」

村の人たちは、五キロほど離れた小川までポリタンクを担ぎ往復して、生活用水を確保していた。古い一トントラックを村が所有していたが、ガソリンを買うのにも苦労して放置されていた。飲料水はすべてミネラルウォーター。家族で飲みまわしをしていた。

「サントス！　xyz……」

キンシャサから連れてきた技師が声をかけた。

簡素な二メートル四方の木枠の中心部に、直径一〇センチほどのパイプが、高さ五メートルほどのやぐらから吊り下げられている。動力はディーゼルエンジン、燃料はディーゼル用重油だ。ボーリングの用意が完了したようだ。設備はサントスの親父が地元で手配した。

「僕もいよいよ砂金から、人道支援の水探しか？」

笑顔でサントスに話しかける。

「でも、この国のために関さんと龍さんが尽力すれば、絶対よいことがありますよ」

「君は宗教家か？」

今の関は金銭欲より、未だ飲料水に困っているこの国の人々のために、役に立ちたいと思った。それが人の縁かと不思議に思えた。

「龍さんもとんだ散財でしたね」

「彼は僕と違って一応、腐っても上場会社のオーナーや。でも偉いよ。自分のポケットマネーで協力しているのやから」

「…………」

「へ～。君でも、多少責任を感じとるのやな」

「頑張ります」

サントスが額から滝のように流れる汗を拭いている。エンジン音だけが、のどかな草原に響いている。

「初めてカタンガに来た時、知事が言っていたな。まだまだ地方の村は貧困でインフラ整備ができていないと。だから日本人の温かい行為が大変うれしいと」

「そうです。確かにおカネにはなりませんが、心は裕福になりますしね」

「君が言うことではないやろ」

「すいません」

老人が満面の笑みを浮かべ、駆け寄ってきた。大きな腹についた脂肪が揺れている。

「アルー！　ミスター関」

握手をと手を差し出され、ハグされた。相手の腹の出っ張りが邪魔で二人の胸は二〇センチほどの隙間ができた。体臭がきつかったが、あえて関は抵抗しなかった。関が同じように手を相手の背中に回すが、両手は結ばれなかった。

「ハロー」

「今日は本当にありがとうございます。この村でも、やっと水が安心して飲めるようになります」

「いえいえ。精いっぱい頑張ります」

龍が笑顔で答えた。

「ところでこの村の人々は明るいですね。子供たちは無邪気に駆け回っているし、家族と楽しそうにしていますもんね」

「そういう風に見えますか」

「ええ。本当に村民の方々が笑顔ですもんね。ひょっとして私たちへのお世辞笑いですか」

「とんでもない。この村は貧乏ですが、食べ物一つでも余れば、隣近所にお裾分けしています。いうなればみんなが家族なのです」

「それじゃ皆さんの生きがいって何ですか？」

村長が腕組した。そして、ゆっくり語りだした。

「平和ですね。あなた方の国は文明も発達し全てが便利になっていますね。しかし、それが本当に幸福でしょうか？」

三人が揃って腕を組んだ。

「確かに。一理ありますね」

龍が答えた。

「私たちは争いがない平和が一番なのです。野菜は畑で生産して、余りは町で売ります。村所有の森林を伐採して売り、村の財源にしています」

「進化することが、幸福ではないということか」

関が独り言のようにつぶやいた。

「関さん。見てください」

サントスが掘削機の方向を指さした。

「いつの間に」

子供や村民が掘削機の周囲に集まり、地下から掘り出された砂や砂利を、それぞれがバケツで運び出しているのだ。

「龍さん。責任重大やね」

「そうですね。絶対やり遂げましょう」

三日が経過した。地下二〇〇メートルまで掘り進んでいた。

四日目の朝、三人が工事現場に集まった。傍のエンジニアが説明しだした。

「ｘｙｚ……」

「今の場所はあきらめたほうが良いと言っています」

「なんでや。調査では水脈があると言っていたやないか」

サントスがエンジニアに尋ねた。

「別の場所にしましょうと言ってます」

「分かりました」

龍が素早く決断した。

「いいの？　負担が増えるよ」

龍が工事費用の実質スポンサーだ。

「龍さん。申し訳ないね。予算オーバーになってしまうね」

「何言ってるのですか。小さな人道支援ですよ」

「さすが龍さんや。いい男に見えてきたわ」

村長のこわばった顔が緩んだ。二人の笑顔が周囲を和ませたのだ。

「よっしゃ。場所の移動や。次の候補場所はどこや」

エンジニアが一メートル四方の図面を地面に開いた。

村長が口を開いた。

「あの木々が繁ってる丘にしましょう」

村長が数人の人夫とエンジニアを引き連れ歩き出した。

「今度は大丈夫ですかね」

サントスがぽつんとつぶやいた。

三日が過ぎ二〇〇メートルまで掘り進んだ。

「やっぱりだめか！」

「そうみたいですね」

関と龍が落胆の表情になっている。

村長が試掘場のそばで申し訳なさそうに、がっくり肩を落としている。

「龍さん！　どうします？」

「ここまで来たら出るまで何本でも試掘しましょう」

「僕も手伝ってきます」

日が暮れ、その日の作業は終了した。

「明日は夜明けとともにスタートします。それで出なかったら明後日は場所を変えてトライしましょう」

「龍さん！　感謝です」

関とサントス、そして村長が龍の手を握りしめた。

「皆さん！　そんな！」

龍の眼がしらがうるんでいる。

翌朝、三人は疲れのせいか七時を回ってから目を覚ました。身支度を整え民宿から三〇分の村へ直行した。

「何とか出てくれればいいですね」

関が龍に話しかけた。

「いいじゃないですか。気長にやりましょう」

龍から力強い言葉が返ってくる。

「関さん！　なんか様子がおかしいですよ」

数百メートル先を指さすサントス。

「試掘場所でほとんどの村人が井戸の周囲に集まり、踊ってます」

「遠目ではあるけど水が湧きあがっているみたいや」

龍と関が顔を見合わせた。

「出ましたか！　やっとですね」

龍が関の手を取り固く握った。

車が到着。村人たちは地下水を各々好き放題に浴びている。

サントスは車から降りるなり試掘場に駆け出し村人に交じって水浴びを始めた。

「彼も純粋なんやな」

関の目からは涙が零れ落ち、龍は無言で涙をこらえている。そして龍と関がガッチリ握手を交わす。

「今は重油ポンプで汲み上げていますが、電気が良いですね」

龍の言葉に頷く関。足元は井戸水でぬかるみだった。だが、三人は微笑んでいる。

「僕の人生って幸福や」

「そうなんですか。私なんか苦労ばかりです」

サントスが不思議そうに関の顔を覗いた。

「僕は妻を亡くし、子供にも見捨てられたが、君や、龍さんにも巡り合えた。今ここで人の役に立てた。人生って大いに楽しまんと」

「私なんか、何もいいことがありません」

「あのな。僕も楽しいことばかりではないぞ。君にも散々騙されたし」

「人聞きの悪いこと言わないでください」

「人生の楽しさって別によいことばかりを言うのではないぞ。仕事は失敗しても次に成功すればええのや。やりがいがあるか否かやぞ。そして恋も同じや。ときめき、泣いたり笑う。そして結婚。苦労があるから、うまくいったときの感動があるのや。ただの歯車になって人生を過ごすのは生まれてきた価値がないのや」

「そうですね。私も今は成功してますが、この先は分かりませんからね。でも公私ともに生きがいはあります」

龍がサントスに言い聞かせるよう優しく話した。

「ミスター関、龍！」

ずぶ濡れになった村長が、大きな腹を揺さぶりながら三人に近づいてきた。

「サンキュー。サンキュー。この水のおかげで人も家畜も農作物も助かります」

サントスが通訳する。

両手で二人の手を強く握りしめ満面の笑みで交互にハグされてしまった。

「僕のシャツが村長の汗と地下水かも知らんけどべちょべちょや」

「私の服もです」

「いいじゃないですか。村長の感謝の気持ちですから」

サントスが大声で茶化した。

「臭い」

「失礼ですよ」

サントスの咄嗟の言葉である。

「体臭と汗のにおいや」

関は肩口のシャツを引き寄せ匂っている。

「実はお願いがありまして、と言ってます」

サントスが村長の言葉を通訳する。

「なんや。水も出たし。まだ何かあるのか？」

「実はもう一つ井戸を掘ってほしいのです」

憎めない笑顔で村長は迫ってくる。関が龍の顔を見た。目は笑っている。

「分かった。この際や。なんでもきいたる」

その日は、村民全員が参加する祝宴で、音楽とダンスを肴に飲み明かした。

「関さん！　この村に太陽光をプレゼントしましょう」

「パネルと設備と工事費合わせたら高いのやろ」

「こんなに村中の人々の嬉しい顔を見たら、何とかしてやりたくなりますよ」

「酔って言っているのではないやろうね」

「酔っていませんよ。いや少し酔っているかも」

「わかった。素面《しらふ》の時にゆっくり話しましょう」

「サントス。結局君とはカネ儲けはできなかったけど、心のカネ儲けはできたな」

「帰国したら関さん、私の会社を手伝ってくださいよ」

龍が関を誘った。

「渡辺さんと相談して返事します。でも、僕のサラリーは高いよ」

「ダメです。弊社の規定で。会社のルールは厳守ですから。サントスもよかったらどう。エジプトに進出する計画があるので」

「本当ですか。でも私は将来政治家を目指していますので。長くは……」

「関さん！　よろしいですか？」

「仕方がないですね」

「明日からもう一仕事や」

「頑張りましょう」

「君は通訳だけやから楽なもんや」

掘削機をはじめ、一連の機械を、村長が案内する場所に移動した。

「見渡す限り草原で、人が住んでないみたいや」

「こんなとこに井戸を掘って、どうするのですかね」

関とサントスが不思議そうに突っ立ている。

「この辺りをお願いします」

村長が指で一〇メートル四方の場所を示した。


「一五メートル掘ったが、出てくるのは土砂ばかりや」

「頑張りましょう」

あっという間に一週間が過ぎた。

村人たちが、出てきた土砂全てを二〇〇メートルほど先の空き地に運んでいる。

「五〇メートル掘削するだけで、なんで別の場所に移動させるの？　最低でも二〇〇メートルは掘らしてくれればいいのに」

関の口から不満の言葉が出た。村長は傍で微笑んでいるだけである。

「そうですね。水も出ないのに、もっと掘り進めばよろしいのにね」

一〇〇メートル四方内に掘削した穴が数か所できてしまった。

「どうして、もっと深く掘らせてくれんのや。水が出ないのがわかっていて、掘らしてるみたいや」

「土砂ばかりです」

「そう。土砂ばかり」

アフリカの大地を掘る機械の音だけが聞こえてきた。


一か月後、成田空港に関と龍の二人は到着した。

「僕は通関手続きを済ませるから」

「分かりました。私は先に出口で待ってます」

(意外と時間がかかるもんやな)

入国手続きに三〇分もかかってしまった。確か渡辺が出迎えに来ているはずだった。彼が自分から申し出たのだ。しかし、どこにも見当たらない。

「やはり車椅子なので無理だったのかも」

身体を悪くしたんじゃなければ、ええけど……。

「龍さん！　では、ここでお別れです。コンゴのサムライコーポレーションの出資は改めて渡辺さんと相談します。来週でも打ち合わせに行きます」

「ええ。ゆっくり休んでください。サムライコーポレーションも全てライセンスが復帰できましたしね。これからが大変ですし、責任が重いですね」

「本当に、何から何までお世話になりました」

二人は互いに両手を力強く握りしめた。

「私はJRで帰りますので。ここでお別れします」

関がエスカレーターに数歩進んだ。

「お父さん！」

背後から若い女性の声がした。聞き覚えのある声である。

「お父さん」

「まさか」

振り向かず足を進めた。そんなわけがない。

「お父さん」

間違いない。確信した。振り向いた。

「智子！」

思わず持っていた荷物を地面に落としてしまった。

「どうしてお前がここに」

言葉にならない。

「なーに、えへん」

智子は、咳ばらいをひとつする。

「どうしてお前がここに？」

智子が指をさした。その先には渡辺が車椅子に座り一人で微笑んでいる。

関は立ちすくんだまま目頭が熱くなり、大粒の涙が頬を伝い地面に落ちていった。

「元気だったか？　何年振りかな。今は何してる」

「一度に聞かれても」

二人を見ている渡辺は微笑んでいる。

「渡辺さんに何度も看護学校に来ていただき、お父さんがアフリカの人々のために命を懸けて井戸を掘ったり、引退競走馬の老後のために寄付したりしていることを聞いたわ」

「お父さんはお前に二度と会えないと……。でもお前のことは、いつも忘れたことはなかった」

関の目からは大粒の涙が止まらない。

「詳しい話は車の中でしましょう」

と言って、渡辺が二人を促す。

関と智子が渡辺の座った車椅子を押す。

「お父さん！　ありがとう。渡辺さんがお父さんから預かっていると言って、私の学費一四〇〇万円を渡されました」

「渡辺さん！」

関が声をかける。

「私が関君から預かったおカネですよ。智子さんに渡してほしいと言った」

「それは私が……」

「お父さん、渡辺さん！　私、必ず立派なナースになるね」

渡辺の顔を覗いた。

「そうですよ。智子さん！　お父さんはあなたのことばかり心配して、私にあなたのことを見守ってくれと依頼されていたのですよ」

「渡辺さんには、失礼なことを言ってしまい、改めてごめんなさい」

「いいえ。お二人は親子ですからね。必ず智子さんにも分かってもらえると信じていましたよ」

「すべて事情は聞いたわ。馬鹿なお父さんって再確認したし、お母さんのことでは私の誤解があったことも」

「素直ないい子ですよ。関君と違って」

「私のＤＮＡが半分入っていますよ」

三人が同時に笑いだした。

「ところで、これです」

関がセカンドバッグから握りこぶし大の塊を渡辺に差し出した。

「やっとですね」

「はい」

「何のこと」

「お父さんはコンゴで、飲料水で困っている村のために井戸を掘ってあげたんだ」

「いくらで？」

「これ！」

「言ってみただけよ。だって半分はお父さんのＤＮＡだもん」

「そうだった。その村の村長にお父さんたちの仕事ぶりを感謝されたんだ」

「智子さん！　いいことはしておくものですよ」

「そうしたら、関は信用できる！　と言って、先祖から受け継いでいる土地を掘ってくれと村長に頼まれたんだ」

「また無料の井戸掘りね」

「最初はそう思った。でも違ったんだ」

「五〇メートルほど掘っても、水は一向に出てこず、小石交じりの土砂ばかり。井戸の周りはあっという間に土砂の山。村長はなぜか余裕の表情をしている――」

「失敗したのね」

「いや」

関は智子に微笑んで見せた。

関の目は赤く潤み、せっかく止まった涙が今にも落ちそうになっている。

「話はこれからだよ」

「何よ」

「村長が目の前の土砂を村人にバケツの中に入れさせたんだ」

「智子さん。そして、その時に水の代わりに掘った地下から出てきたのがこれです」

渡辺が関から手渡された塊を智子に手渡した。

「重い」

その塊は、関たちの夢を叶える黄金色に輝いていた。

「お父さんは、またその村に一か月もしたら戻ってしまいますから、よく話し合ってくださいね」

「どうしてまた村に」

「村に学校や病院を建設するんだよ」

「どうしてお父さんが？」

「砂金の産出高の三〇パーセントを村のために遣うのが村長との約束で、お父さんは全面的に信用されたんだ」

「ふーん！　お母さんのおかげね」

「お父さんも、そう思ってる」


二日後、関と智子は大阪勝尾寺の母、佳代子の墓前にいた。

墓のお供え台に佳代子の好物だった果物と和菓子が供えられ、真ん中に光り輝くガラス瓶が。

季節の花束も供えられ線香の煙がまっすぐに天に向かっている。

「今日は風もなく、お母さんが喜んでいるのや」

「喜んでいるのではなく、安心したのよ」

（佳代子ありがとう！）

この作品は書き下ろしです

小林 慧●こばやし けい

生年月日：1949年　出身地：岐阜県　血液型：AB型　趣味：競馬・麻雀

大学卒業後、某新聞社経済部記者としてキャリアを積むが上司を殴り退社。以後、経済新聞記者としての経験を活かし、株式コラム、政治家との交流、社会的イベントに参加。生涯現役を貫いている。

アフリカ一攫砂金《いっかくさきん》

2024年12月2日　第1刷発行
2025年1月21日　第5刷発行

著　者―― 小林慧《こばやしけい》

発行者―― 島野浩二

発行所―― 株式会社双葉社
東京都新宿区東五軒町3-28　郵便番号162-8540
電話03(5261)4818〔営業部〕
03(5261)4827〔編集部〕
http://www.futabasha.co.jp/
(双葉社の書籍・コミック・ムックが買えます)

印刷所―― 三晃印刷株式会社

製本所―― 株式会社ブックアート

カバー印刷―― 三晃印刷株式会社

落丁・乱丁の場合は送料双葉社負担でお取り替えいたします。
「製作部」あてにお送りください。
ただし、古書店で購入したものについてはお取り替えできません。
電話03(5261)4822〔製作部〕

定価はカバーに表示してあります。

ISBN978-4-575-24784-8 C0093